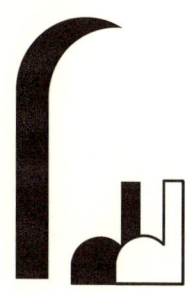

论行走

[法] 弗雷德里克·格鲁 著

杨亦雨 译

FRÉDÉRIC GROS

MARCHER

UNE PHILOSOPHIE

南海出版公司

新经典文化股份有限公司
www.readinglife.com
出 品

感谢伯努瓦·尚特尔让这本书"启程",并且一直陪伴着它到达终点。

目录

13 我为什么是一个如此出色的行走者（尼采）

1 行走不是体育

4 自由

43 室外

48 缓慢

53 出走的愤怒（兰波）

75 孤独

83 寂静

89 觉醒的步行者（卢梭）

115 永恒

122 对野性的征服（梭罗）

148 能量

153 朝圣

172 重生与存在

184 犬儒学派的步伐

200 良好的状态

211 忧伤的游荡（内瓦尔）

221 日常出行（康德）

230 散步

244 公共花园

253 城市中的游荡者

264 沉重

271 基本

276 神秘与政治（甘地）

296 重复

行走不是体育

行走不是体育。

体育常常涉及技巧、规则、比分和竞争,并且需要一个学习的过程:了解不同的位置,完成正确的姿势。经过长时间的磨炼,才会逐渐拥有灵感和才华。

体育就是数字:你排名第几?成绩、比赛结果如何?和战场上一样,赛场上也总有赢家和输家。虽然战争和竞技体育有时颇为相似,但人们往往在战场上收获荣誉却在比赛中蒙受耻辱,面对对手,也从开始的尊重转换成对敌人般的仇恨。

体育同样代表着坚毅、努力和纪律。体育又是一种伦理准则,一份实际的工作。

然而,体育同时也具有物质性,是秀,是戏,是交易,也是表演。体育常常造就一场场曝光在聚光灯下的盛宴,引得各大品牌消费者们争相前往。金钱侵袭了赛场,掏空了灵魂。医学的介入,也只是为人造躯体服务。

行走不是体育。把一只脚摆在另一只前面,是童年的游戏。当两方相遇时,没有结果,也没有数字,行走者会告诉你他走了哪条路,哪条小道上有着最美丽的风景,或是从海岬处向外眺望的视野。

然而,有人总在试图打开一个行走用品市场:具有革新意义的鞋子、神奇的袜子、实用的包、功能强大的裤子……有人尝试向行走者灌输体育精神:说他们不再是走路,而是在徒步。也有人出售一些细木棒,让行走者看起来像是在滑雪。但这些尝试却走不了多远,因为它们没有能力走远。

行走是让人放慢脚步的最好途径。一个人只要有两条腿便可行走,其他因素都是无用的。若想快速向前,那就不要行走,可选择其他方法:行驶、滑行、飞翔。另外,行走时最重要的因素永远只有一个：天空的广度和风景的亮度。行走不是体育。

可是，人们一旦起立，便不再能控制自己。

自由

首先,行走不是单纯的散步,它能给人带来滞缓的自由:让人卸下生活的重担,暂时忘却烦恼。没有了书桌的牵绊,人们可以自由出发,闲逛,任凭思绪天马行空。尤其是经过几天漫长的行走,远离了工作的束缚和生活的枷锁,更能让人感到身心舒畅。但为何相比长途旅行,行走更能让人感觉到自由?因为在旅行中,人们常常会受一些其他因素的制约:旅行袋的沉重、路途的漫长、天气的不稳定(暴雨的威胁、酷热的影响)、恶劣的住宿环境等其他困难。然而,行走却可以让我们摆脱这些因素的束缚。因为行走能够控制人类最本能的强烈需求,但是要达到这个境界，必须要走上很久，迈出无数步伐。同时，在行走中我们变得不再随心所欲，因为我们穿越的毕竟不是花园里的羊肠小道。另外，如果不想损失惨重，应避免在十字路口处判断错误。当大雾笼罩山头，雨水倾注而下时，我们都应该继续前进，并根据路线和资源条件，适当地考虑食物和水的供给。显然，在这样的条件下，行走者会感到不适。然而奇妙的是，行走的快乐恰恰来源于这种不适。我的意思是这种吃喝上的不确定，对天气情况的完全服从，以及对自己脚步的全神贯注会突然产生出供给的过剩（商品、交通、网络）和需求的递减（沟通、购物、传播）。所有这些微小的自由都构成一个个加速系统，把人包裹得越来越紧。总的来说，所有让行走者远离时间和空间束缚的能量，都贡献给了速度。

对于那些从未有过行走经历的人来说，很容易认为行走是一种荒诞不经、违背常理、充满奴性的行为。因为普通人会本能地从缺失的角度将行走者的自由做出以下诠释：在他们看来，行走者不再参与任何交流，不再从属于任何传递信息、图片、商品的社交团体。然而,行走者却认为以上交流团体并不重要,也没有实际意义。它们所有的价值都是人为附加上去的。对于行走者来说,他们的世界不但不会因为这些关系链的缺失而崩塌,相反,这些关系常常会把人裹挟得太紧,让人感到沉重,甚至透不过气来。

自由其实就是一块面包、一口清泉、一片开阔的风景。

说到这里,我不禁想到:这份滞缓的自由所带来的快乐不仅意味着出发时的欢欣,而且也包含了归来时的喜悦。归来是一种顺带的幸福,一种逃离现实几日后的自由。回来后,任何事物都好像未曾改变。往日的倦怠感也席卷重来:快节奏的生活、对自己及他人的遗忘、冲动、倦意。追求简单生活的愿望也只有在行走的过程中才会萌生,行走结束后,只能无奈地说一句:"新鲜空气真是对人有好处。"但这却是一种按时而至的自由,在下一次行走时必定能再次感受到。

第二种自由咄咄逼人,更具反叛的特性。第一种滞缓的自由只能让我们暂时"脱离"生活中的各种关系:

暂别社交圈几日，在荒芜的小道上尝试各种非常规的经历。其实，我们也可以选择和过去的生活决裂。在凯鲁亚克和辛德的作品中，人们不难发现作者对违抗传统的呼吁和对外部世界的向往：他们主张和那些愚蠢的繁文缛节、安逸虚假的生活、千篇一律的无聊复制、无尽的重复、有钱人的缩手缩脚，以及对变化的仇恨彻底决裂。人们应该制订更多的远行计划，从而激发反抗的热情，让疏狂漫游，让梦想远航。在这里，行走的决定：向远方出发、在别处生活、尝试新的事物，可以被理解成一种对野性（The Wild）的召唤。我们会在行走中发现布满星辰的夜空或是其他质朴的能量都具有强大的生命力，这让我们产生对生活探索的欲望：这种欲望是如此强烈，直至充盈在我们身体的每个角落。当人们叩开世界的大门时，他们不再受制于任何事物：双脚不再和道路粘连在一起（这是一个被运用了无数次的比喻，专门描绘那些一回到家乡，就不愿再离开的人）。此时的十字路口也如左顾右盼的星星般，不断颤抖着。至此，人们终于体会到了选择时的惶恐不安以及获得自由时的眩晕。

这一次，行走者感受到的不单纯是挣脱世俗生活时的平凡幸福，而且是一种挣扎在自我和人性边缘的自由，这种感觉就好像自己被笼罩在一种不受控制的自然能量里一样。行走时常会诱发一些极端的感受：过度的疲劳会让思想驰骋，对极致美景的欣赏会扰乱心绪，在山坳或顶峰时的极度沉醉则会引发躯体的绽裂。行走唤醒了我们身上过时却反叛的个性特征：当热情被激发以后，欲望变得直白而又坚定。因为行走将我们放置在生命垂直的轴线上：让我们卷入生活的洪流，激起千层浪花。

写到这里，我想说明的是：在行走时我们并不能真正地和自己相遇。因为行走并不能让我们重新找到自我，也不能帮助我们摆脱那些一直以来束缚着我们的梦魇，所以我们也就无法通过行走来找寻到真正的自我和丢失的身份。在行走时，人们会不由自主地忘记身份这一概念，也会抛开功成名就、成为某人的念想。因为"成为某人"只适用于夸夸其谈的名流聚会和心理诊所。而现如今，"成为某人"难道不仍旧是一项社会义务（为了履行义务，人们被迫忠诚地保持着各自的社会形象），一份把人压垮的愚蠢职责吗？行走的自由在于不成为任何人的洒脱，因为行走中的身体如影随风，不带有任何故事。这样看来，我们其实就是一种两腿前行的生物、一股存在于树影斑驳中的纯粹力量、一声呼喊。在行走中，我们喊叫常常是为了彰显并恢复动物的本能。也许，在金斯伯格或巴勒斯这辈"垮掉的一代"所倡导的自由中，在摧毁我们生活和释放我们天性的放浪形骸中，我们能够找到行走的理由。因为除了毒品、酒精、纵酒作乐，一次在山中的远足也可以成为一种让我们靠近本真的方式。

另外，行走也能让人怀抱梦想：因为行走可以被看成一种对腐朽、被玷污、疯狂、平庸文明的拒绝。

我读了惠特曼的作品，您知道他写了些什么吗？"奴隶们一旦站起，外国暴君便开始战栗。"这就是他认为的一个行吟诗人，一个行走在沙漠之巅、受到禅意启发的疯癫的行吟诗人应该抱有的态度。惠特曼认为世界就是一场漫游者的约会，这些漫游者背着行囊，就像是一群达摩流浪者。他们拒绝履行消费生产品的义务，拒绝为消费工作，当然也拒绝购买那些废铜烂铁：冰箱、汽车和所有那些无用的垃圾[……]。成千上万的美国青年，打点好行装，出发上路……①

行走者的终极自由更为难得。在单纯快乐的回归和重获动物本能完成后，才能进入自由的第三阶段：舍弃的自由。历史上最伟大的印度学家海因里希·齐默尔曾指出：在印度哲学中，一般习惯把人的生命划分成四个阶段。第一阶段是人类作为学生、学徒、弟子的阶段。在生命的晨光中，人们的主要任务就是服从老师的旨意，聆听教诲，听命判罚，遵循准则。人们要做的只有一件事：接受。到了第二阶段，人类成年，到达了人生的正午，成为屋子的主人，结婚，照顾家庭：他们尽其所能管理好资产，帮助神父，从事一项工作，遵从社会附加的条条框框，同时又拿这些教条去约束别人。人们同意戴上社会赋予我们的面具，在社会和家庭中扮演不同的角色。等到孩子们准备接过生活的接力棒时，人类也就步入了

---

① 杰克·凯鲁亚克，《达摩流浪者》。

生命的黄昏,这时,很多人会选择抛开所有的社会义务、家庭责任和经济负担,成为一个隐居者。这一阶段的另一种提法叫"出发去森林",在这一阶段,通过沉思和冥想,人们应该试着学会和身体上那个从未改变的本我亲近,等待它的觉醒。正是这永恒的本我帮助我们卸下面具、负担、身份和过往的一切。至此,行走者终于成为隐士,隐居在永无尽头、灿烂光辉的生命之夏:从此以后,漫游构成了生命的主旋律(这已经到达了漫游乞讨者的阶段),永不停歇的行走展现了无名的本我和无处不在的真心之间的默契。所以,智者会选择全盘放弃。这是最高等级的自由:一种完全置身事外的自由。我不再投身于任何地方,不论是个人天地还是外部世界。我对过去和未来都漠不关心,我只是巧合的现时产物,除此之外,什么都不是。拉姆·达斯上师在《朝圣手记》中指出:当我们放弃一切时,恰巧是获得一切的开始;当我们无欲无求之时,恰巧得到的却很多。所有的这一切都说明了现时的力度。

在长途的远足中,我们不难发现:这种弃者的自由无处不在。当人们长时间行走后,会有那么一个瞬间忘记了已经走过多少个小时,忽略了还有多长时间才能到达终点。我们只感到肩头的沉重负担,觉得走够了,但转念一想,如果在生活中坚持下去需要更多的付出,马上又感觉自己可以这样继续前行好几天,甚至好几个世纪。想到这里,行走的终点和理由就变得不再重要,正如我们的过去和现在的时间一样,显得无足轻重。此时,如果再提到过去地狱中的那些古老符号:名字、年龄、身份、职业,我们就会感到一种无上的自由,因为这些符号此刻显得如此卑微、渺小、虚幻。

我为什么是一个如此出色的行走者

(尼采)

尽量少坐:只能对在露天、在身体自由摆动、在肌肉恣意活动情况下得出的想法顶礼膜拜。所有的偏见都来源于封闭的心灵。我再重复一遍:成为一个闭门不出的人,是对思想犯下的滔天罪行。①

尼采写道,断绝关系总是很困难,也总让人备受折磨,因为切断的是本来紧密的联系。但是,就尼采的生平来看,

---

① 《看哪这人·我为什么这样智慧》。

绝交有时也可为人们插上自由之翼。尼采的一生充斥着绝交、孤立,他总在切断各种不同的关系:与这个世界、社会、旅伴、工作伙伴、女人、朋友、亲人的关系。然而,每次寂寞的加深就意味着向自由又迈近了一步:不再需要向谁汇报,无须受到妥协的牵绊,视野也因此变得更为开阔、明朗。

看得出,尼采一定是一个坚韧卓越的行走者。他自己也经常提到这点。在露天的行走俨然已经成为他作品中的一个要素,是他写作时不变的伴侣。

他的一生可以划分成四个重要时期。

首先是求学阶段:从他出生开始(1844年)到被聘为瑞士巴塞尔大学古典语言学教授。他的父亲是一名正直、诚实的牧师,可惜英年早逝。尼采喜欢把自己想象成某一波兰贵族最后一代后裔。四岁那年,父亲去世,他也从此成为母亲、祖母、姐姐唯一的希望和热切关怀的对象。尼采天资聪颖,他在以训练严格著称的普夫达中学完成了中学学业,接受了良好的古典教育。尼采在后来意识到了这段严苛训练的伟大之处,正如古希腊谚语所言：要想学会指挥，首先要学会服从。尼采的母亲无条件地信任儿子，并对他表现出了最高崇拜，希望他用自己无与伦比的智慧为上帝服务。她期盼尼采能成为一个神学家。当时，尼采是一个身强力壮的年轻小伙子，只是患有严重的近视，后来也没有得到很好的矫正。之后，他在波恩大学继续深造，随后来到莱比锡大学求学。二十四岁那年，经学者谢尔思的推荐，他被任命为巴塞尔大学古典语言学教授。这一成就在他那个年纪实属难得。尼采人生的第二个阶段也由此拉开了序幕。

*

他教了十年的希腊古典语言学，这十年充满了艰辛和失败。首先，工作量大得惊人：除了在巴塞尔大学授课，他还需要在一所教育学院（Pedagogium）兼课。可是，尼采真的只想当一名古典语言学者吗？他曾长时间痴迷于音乐，后来又狂热地迷恋上了哲学。诚然，确实是古典语言学最先向尼采张开怀抱，但投入对方怀抱时，他却略带苦涩，因为他并不以成为古典语言学者为其最终的天职。然而，无论如何，这一学科帮助他阅读了许多古希腊名著：埃斯库罗斯、索福克勒斯的悲剧作品，荷马、赫西俄德的诗歌，赫拉克利特、阿那克西曼德的哲学著作，以及第欧根尼·拉尔修的历史作品（尼采很喜欢他的作品，他说在拉尔修的作品中，他读到了人是凌驾于系统之上的）。工作的第一年过得十分美好：尼采充满热忱地准备着上课内容，他的课也受到了学生的大力追捧。同时，丰富的教学生活也让尼采结识了新的同事，有一位名叫弗兰茨·奥弗尔贝克的神学教授很快成为他亲近而忠诚的朋友。这位朋友后来成为尼采一生的挚友，总在危难之时他伸出援手——正是他，在那场灾难后，在都灵接纳了尼采。一八六九年，尼采辗转来到卢塞恩，为的是能够更便捷地到达特里布森去拜访栖身在当地豪宅里的"大师"瓦格纳。在那里，他为瓦格纳夫人科茜玛的魅力所倾倒。在后来写给科茜玛的炽热信件中，尼采把她唤作："我的公主阿丽亚娜，我心爱的人——外界流传我应该会成为一个人物，然而，事实却是：很久以来我只是有幸

和真正的人物们保持着联系罢了。"（1889年1月）

对艺术的激情和对大学工作的热忱让尼采良好的身体状况并没有保持多久。他的身体开始变差，并时常伴有疾病发作。自此，尼采的身体开始在各种沉重的误解中开始了它的报复。

尼采遭遇的首先是事业上的误解。事件的导火索来自他一八七一年出版的《悲剧的诞生》。这本著作震惊了当时的知识界，也激怒了一批古典语言学教授。是否隐隐之中他们本来自己也打算写一本这样的书？这不是一本以严肃研究为基调的著作，全书充满了模糊的直觉判断和抽象的形而上观点，展现了混沌和规范的永恒冲突。紧接着是友谊上的打击。虽然他还会经常怀着朝圣般的心情前往拜罗伊特去拜访音乐大师，然后回到特里布森，顺带游历欧洲。然而，每次拜访完毕，尼采都能够更深切地感受到瓦格纳狂热的教条主义和盛气凌人的作风，而且这一切都已经浸润到他的音乐创作中，以至于听到他的作品总让尼采感到胃不舒服，甚至有种病态的体验。尼采写道："瓦格纳的音乐让人消沉，又让人沉溺，只有懂得在他的音乐汪洋中不断划水才能幸存。因为瓦格纳的作品就像一阵无序扰人的波浪将人淹没，每次听到他的作品都会让我不知所措。相反，罗西尼的作品会让人产生跳舞的冲动。更不用说比才的《卡门》了。"随后到来的是情感上的重创：他的多次求婚请求都遭到了粗暴的回绝。最后是社交上的失败。因为尼采始终无法在拜罗伊特花哨的上流社会圈里左右逢源，也无法融入质朴的教授、学者圈。

这些打击让尼采无力面对。每一个新的学期都变得更加困难，让他举步维艰。越来越频繁的头疼使得他不得不经常卧病在床，独自面对黑暗，痛苦地呻吟着。尼采的视力也在这个时期迅速恶化，让他几乎无法读写。每十五分钟的阅读或写作都将以之后数小时的头疼折磨为沉重代价。尼采不得不请求其他人为他朗读作品，因为他的眼睛一接触到书页就会踟躇不前。

尼采也尝试着和现实妥协：他要求减少课时量，甚至很快要求取消教育学院的所有教学任务。这样一来，他获得了一年的休假时间来自由呼吸，同时精心调养、回复元气。

可是,一切努力都是徒劳的。

也正是在这个时期,尼采找到了对抗无处不在的强烈痛苦的两剂良药:行走和独处。这两种方式也预示了他未来的人生走向。一个人若想远离世间的纷乱、怂恿和动荡,必将为之付出惨痛的代价。然而行走,长时间的行走可以让人暂时驱散、排解、淡忘命运朝着太阳穴对我们的重击。

当时,尼采还未领略过高山的隽美,也没有意识到由于干燥,南部布满碎石的小路所散发出的阵阵清香。他通常只是沿着湖边散步(和格斯多夫一起,他们沿着勒曼湖,每天一走就是六个小时)。尼采也喜欢漫步在密林深处:位于黑森林南边的斯特那伯有一座松林,那里常常留有尼采的足迹。他在书中写道:"我穿越森林,在那里长时间地行走,并与自己进行了那些著名的对谈。"

一八七七年的八月,尼采来到罗塞拉维,开始了隐居的生活。他在书中记载道:"我多么希望我在某处能拥有像这里一样的一幢小房子,我每天行走六小时,思绪飞扬，随后回到家，我便把它们一股脑地都写在了纸上。"

但是，一切于事无补。因为尼采的痛苦过于强烈。头疼常常让他一连几天卧床不起，呕吐时常把他折磨得彻夜无眠。尼采的眼睛也让他吃尽了苦头，视力急剧下降。终于，在一八七九年的五月，尼采向巴塞尔大学提交了辞职信。

※※

尼采人生的第三个阶段也由此开始。这一阶段共持续了十年：从一八七九年的夏天一直到一八八九年的年头。在这个时期，尼采仅靠三份微薄的年金度日。这些钱只够他勉强维持生计：在简陋的小酒馆留宿，支付他从高山来到大海，再从大海返回高山的火车票。他也偶尔前往威尼斯去拜访彼得·加斯特。也正是在这个阶段，尼采成为能被载入传奇的伟大行走者。他行走，就像别人在工作。事实上，他是通过行走而工作。

从一八七九年第一个夏天开始，尼采就开始尝试在山间行走:首先是恩格丁山脉,第二年则来到了锡尔斯玛利亚山庄。那里空气清透,光线适宜,微风拂过,充满了生命力。由于尼采厌恶闷热的天气,所以之后的每个夏天他都在那里度过,直到他发病的前夕。他在给朋友(奥韦尔贝克和加斯特)的信中写道:"我在山间发现了自然和养分。"在给母亲的信中写道:"作为一个半瞎的人,这是我所能期望看到的最美好的路,所能呼吸到的最滋补的空气。"(1879年7月)山间有尼采专享的风景,他感觉自己和这里的一切都血脉相连,"甚至比血脉相连更为紧密"[①]。

从辞职后的第一个夏天开始,尼采就开始行走,有时甚至可以独自行走八小时。他在《漫游者和他的影子》中写道:

> 我所有的灵感都是在行走之时迸发出来的,然后,我拿铅笔把它们用寥寥几行分别记录在六本小册子

---

① 《漫游者和他的影子》。

上。①

随后,尼采在一些南部城市度过了冬天,主要是在热那亚、拉巴洛海湾,以及尼斯。他在给别人的信中写道:"我平均每天早晨行走一小时,下午行走三小时,步履矫健,并且每天走的都是同一条路:有时,重复也是一种美。"(1888年3月)他在芒通也居住过一次。关于这座城市,他留有如下回忆:"我找到了八条散步的小路。"(1884年11月)山丘成了尼采写作时的靠板,大海则成了拱顶。他记载道:"大海和天空是那么纯静!我以前对自己实行的折磨在此刻显得如此可笑!"(1881年1月)

通过行走,尼采站在高处,俯瞰世界和普通人。他骄傲地创作、想象、探索着,同时为自己所发现的一切雀跃或惶恐。有时,也会因为行走时偶尔遇到的事情烦恼或感动。

> 我情感的强度总让我在想笑的同时又忍不住战

---

① 9月的信(1879年)。

栗。有好几次我都无法离开自己的房间,理由很荒唐:我的眼眶红了,但怎么会红的?因为前一天晚上,我在长时间独自行走的时候,哭得太厉害。我哭,并不是由于我多愁善感,我流的是幸福的泪水。在我高歌、踉跄前行之时,突然灵光闪现,发现自己拥有当代人所没有的特权。①

在这十年间,尼采写出了他最伟大的几部作品:从《朝霞》到《论道德的谱系》,从《快乐的科学》到《善恶的彼岸》,当然还有《查拉图斯特拉如是说》。这一时期的历练,让他成为一个真正的隐居者、孤独者、漫游者。尼采记载道:"我重新成为隐士,每天完成一个隐居者所应该完成的十小时行走。"(1880 年 7 月)

这里提到的行走和康德的行走不尽相同。后者的行

---

① 8 月的信(1881 年)。

走,指的是暂时抛开工作,从医学保健的角度出发,帮助身体从久坐、弯曲、"一折为二"的状态中恢复过来。而对于尼采来说,行走是他写作的前提条件。行走对他而言,已经远非放松和陪伴那么简单。行走已经真正成为尼采的生命要素。

> 我们不是那种只能在书中才能思考的人,我们的想法也不是只有在书页间才能迸发;我们的伦理道德是指在清新的空气中,通过行走、跳动、攀登、舞蹈的方式来思考。最好是在孤寂的山头或是大海的岸边,因为在那里,就连每条路都会思考。①

然而,仍有那么多人仅仅通过阅读书籍来创作自己的作品,仍有那么多著作透出图书馆浓重的封闭气息。我们到底依靠什么来评判一本书?通过它的味道(或是像后文提到的那样,通过它的节奏)。如今,太多的书籍透出阅览室或书桌所散发出的厚重气味。人们几乎可以看

---

① 《快乐的科学》。

到作者身处一间灯光昏暗、空气混浊的房间。那里,气流在书架间流通不畅,到处弥漫着纸张缓慢霉变和化学墨水变质的味道。总之,那里的空气充满着腐朽的气味。

其他一些书籍则透出一股生命的活力:人们仿佛可以嗅到外部世界灵动的空气,感受到穿梭于高山间的微风。这阵风,也许来自高山,冰凉刺骨;也许来自南部清晨的松林小道,清新恬然,透着淡香。这些书是在真正地呼吸。它们不会负担过重,不会被那些空洞、枯萎的知识完全侵透。

> 如果一个作者是在弓着背、长时间久坐、独自面对着墨水瓶、埋首纸页的情况下获得想法的话,我们定能一眼看出。读完他们作品的速度也会非常快!由于长期伏案,作者对肠道进行着长期压迫,我们似乎可以透过这番场景,感受到稀薄的空气、低矮的顶棚和局促的空间。[①]

---

① 《快乐的科学》。

然而，还有对另一种光线的追寻。图书馆总是太过昏暗。堆砌、叠放、重叠的各种藏书以及高大的书架都很容易阻碍光线的通过。

另一些书籍则能够透射出高山上明媚的光线，或是重现大海在阳光下的波光粼粼。尤其值得注意的是色彩。图书馆的色调总是灰色的，书里的内容也同样黯淡无光：里面总是充斥着各种引文、参考资料、页面底部的注解、作者缩手缩脚的想法以及外人模棱两可的反驳。

最后，让我们来谈一谈作者写作时的身体形态：他的手、脚、肩和腿。其实作品有时是身体形态的最好诠释。如今，我们从太多的书中感受到的是弯折的身躯、久坐的身板、佝偻的背影，以及封闭的姿态。相反，行走的身体张弛有度，就像一把弓：如向日葵一般向外部世界呈现开放的姿态。行走的作者常常敞开胸怀，紧绷双腿，张开怀抱。

> 在评价一本书、一个人或是一段音乐的时候，我们的第一反应往往是抛出如下问题：他懂得行走

吗?①

如果书的作者是封闭空间的囚徒,只知道禁锢在自己的座位上写作,那么他的作品一定晦涩难懂、严肃沉重。因为它们只是桌上其他作品堆砌的产物。这类著作就像被刻意填喂的肥鹅:被作者强行塞入引文,填充参考资料,过多的注解使得全书显得臃肿不堪。总的来说,这些作品呆板、笨重,读起来缓慢,让人感到无趣、艰涩。因为它们的作者只是通过比对字里行间的深意,重复其他人在别处"批发"来的老生常谈进行写作,换句话说,他们是在利用其他人的作品来完成他们自己的著作。不难发现,写作之于他们,只是单纯的检验、定义及校正:在他们的作品中,别人书里的一句话,摇身一变,成了一个段落,甚至一个章节。如今,某部经典中的一句话可能会有百本作品对其进行阐释。事实上,那些封闭作者的著作只是对这百本作品进行了总结和评论。

相反,那些行走的作者却可以自由地抛开一切束缚。他

---

① 《快乐的科学》。

们的思想不会受到其他作品的奴役，不会为了检验细节而裹足不前，更不会被他人的主张所禁锢。因为他们无须向任何人汇报想法，要做的只是：思考、判断、抉择。这是一种来源于行动、奔涌而出的思想。通过这种思想，人们可以感受到躯体的灵动和运动的美感。同时，这种思想也时刻记录下身体的律动，表现出生命的活力。对于行走的作者来说，思考时就要心无旁骛，排除一切干扰、幻想、障碍，以及文化和传统的壁垒。显而易见，他们的思想绝非冗长、系统的论证，而是机敏、深刻的智慧结晶。自此，我们可以得出一条规律：越是轻盈的思想，一般会飞得越高，也更富含深意。因为，在垂直的高空中，在昏眩的状态下，往往更能迸发出信念、想法和智慧。此刻，反观那些在图书馆完成的著作，我们能够深刻地感受到它们的肤浅和笨重。仔细想来，这也并不奇怪，因为这些作品始终停留在复制的阶段。

边想边走，边走边想，写作只不过是这一过程中的短暂停歇。就像行走中的身体偶尔停下来休息，为的是凝望一会儿周边开阔的空地。

在尼采的著作中，常可以读到他对脚的大力颂扬。

在他看来，人们不只是用手在写作，"通过双脚"①也能很好地完成作品。因为脚是一位出色的见证人，至少是最可靠的。在阅读时，应时刻观察双脚是否"竖起了耳朵"。对于尼采来说，双脚也会倾听，正如《查拉图斯特拉如是说》第二部《跳舞之歌》中所描绘的那样："我的大脚指在聆听时会不由自主地竖起来，因为舞者在起舞时把自己的耳朵放在了大脚指上。"如果双脚在聆听某部作品时欢欣得直打战，那一定是因为这部作品给了双脚想要摆动、出发、身处室外的欲望。同样，在评定一段音乐时，也要给予双脚以信任。确切地来说，如果双脚在听到某段音乐时有随着节奏摇摆的冲动，有以地面为支点，向上跳跃的渴求的话，那这一定是段不错的音乐。一般来说，所有的音乐都是一次轻盈舞动的邀约。然而，瓦格纳的作品却总是让双脚感到"消沉"、恐慌，甚至无所适从。更糟糕的是，在听到瓦格纳的音乐后，双脚会变得软弱无力、拖沓、暴躁不安，直至不知所措地到处乱转。

　　正如尼采在他最后几篇随笔中所谈到的那样，要想

---

① 《快乐的科学·序言》。

在聆听瓦格纳作品时有跳舞的欲望,将注定是徒劳的。因为在聆听时,百转迂回的音乐已经形成旋涡将我们团团包围,激起混浊的洪流,引发莫名的阵痛。

> 当我耳边响起瓦格纳音乐的时候,就会立刻感觉呼吸困难:我的双腿开始焦躁起来,随时准备着反抗。因为双脚期望的是能够紧随节奏翩翩起舞,或是疾走如飞——事实上,双脚希望从音乐中获得的正是畅快行走后的陶醉。①

就像我们所能看见的一样,尼采每天都在行走,途中需要时刻面对天空、大海和冰川。他每每能从它们身上获取挑战的力量和思想灵感,并把这些灵感随意记录在各处。我总愿意把他的这些行走看成是一种向上的移动。正如查拉图斯特拉所言:"我是一个行走中的人,我总在翻山越岭,因为我不喜欢平原,也无法长时间安静地坐着;无论我未来命运如何,也不管我今生怎样生活,

---

① 《瓦格纳事件》(对原话进行了改编)。

我都需要缓慢前进,不断向上。因为人总是通过自己而经历人生。"①不难发现,行走在尼采的作品中意味着向上、攀登、上升。

早在一八七六年,当尼采还居住在索伦特时,就把每天的散步地点选在城市后面的山间小路上。在尼斯,尼采同样喜欢漫步在通往埃兹小镇陡峭的山路上,在那里,人们简直和大海垂直成一线。在锡尔斯玛利亚,他选择行走在通向高地的道路上。在拉巴洛,尼采则爱好攀爬当地主要高山:阿来格尔山脉。

在纳瓦尔的作品中,那些被他称为"乏味迷宫"的林间小道,那些单薄的平原,会让身体陷入一种轻柔、颓丧的状态。在这样的状态中,回忆就像飘荡的薄雾一般涌入脑海。在尼采的作品中,空气显得更具活力、干燥、清透。在这样的环境下,身体轻微抖动,渐渐苏醒,思想也变得更加锐利。此刻,涌入脑海的不再是记忆,而是判断、诊断、发现、插入、裁定。

身体的上升总需要付出艰苦卓绝的努力,因为它总

---

① 《查拉图斯特拉如是说·流浪者》。

是处在一种持续紧张的状态下。它会帮助思想完成甄选：让其走得更远，飞得更高。行走者应避免自我削弱，集聚能量向前进，让双脚与大地紧密贴合，慢慢支起身体，以便重获平衡。对于一个真正的行走者来说，思想先是一个初生的想法，然后不断上升，逐渐变得难以置信、闻所未闻，直至完全成为新生的独立思想。

另外，身体的上升还需要不断攀登，达到一定的高度。因为，有些思想只有在超过平原和海平面六千英尺处才会突然涌现。

   站在凌驾于人群和时间六千英尺的地方。那天，我沿着席尔瓦普拉纳湖边，步行穿过树林；我在离索尔莱村庄不远处停下，身旁矗立着一块形似金字塔的巨大岩石。也正是在这时，我突然有了这个想法。①

知道世界在自己脚下晃动真是一件美妙的事情吗？站在高地，透过澄澈的冰川遥望静止的人群真的令人心

---

① 《看哪这人》。

旷神怡吗？尼采的回答是否定的，他不想让热爱行走成为自己高傲、藐视万物的理由。

想要更好地思考，就应当站在高处，开阔视野，呼吸清透的空气；应当自然洒脱，才能让思想行走得更远。一切细节、解释、精准都无足轻重：因为，唯有人类命运才应该在历史上留下浓墨重彩的一笔。站在高处，人们可以看到运动的风景和山冈的线条。其实，历史就蕴藏在此：从远古到基督时代，再到现代社会。这所有的一切创作出了哪些类型、人物或本质？可以肯定的是，当我们仅仅把视线停留在具体日期、事件之时，历史将会自我封闭，呈现僵化的特性。所以，我们应当努力构建传奇、神话，以及普适的图景。

> 我们仍要缓步向前，攀登好长一段路。需要牢记的是：永远向上，为的是对我们古老文明有一个更加明晰的概念。①

---

① 7月的信（1876年）。

面对那些不爱行走的人,我们应对其保有一种如道路轨迹般鲜明的态度。这种态度不是盲目的轻视,而是一种同情。尼采承认,这种同情已成为常年困扰他的一个难题:"从童年开始,我就不断意识到同情心已经成为潜伏在我身上最大的危害。"(1884年9月)当看到人们忙碌,做弥撒、赌博、期盼同类的认可,深陷悲伤而自怨自艾时,尼采的这种同情心就会油然而生。然而,一旦站在高处,人们便会知道:真正让人病入膏肓的精神毒药是闭门不出的闭塞心灵。

另外,人们在漫长的步行过程中,常会在通过一个路口时,发现一片新的风景。身体在经过努力付出和不断攀登后,调转方向,瞥见自己脚边突然增添了一片广袤的土地;或是在路边拐角处,见证一场风景的蜕变:陡然跃现的连绵山脉和随之呈现的壮美景色已经在一边悄然等待着我们的到来。

要知道,许多醒世格言就诞生在这突变的风景里。在最后的呐喊中忽然迸发出新的灵感,这些新的秘密、新的发现就像那些倏忽而至的风景,伴随着行走者的阵阵狂喜。

最后值得一提的是行走还会帮助行走者产生一种"永恒轮回"效应。以尼采为例,他习惯漫步在那些有名的道路上,重复那些已被先人勘探过的老路。这些长时间步行的行走者,心中总有一片想要凝望的风景,当他们终于在路口拐角处得偿夙愿时,心中就会激起强烈的振动。这种感觉在行走者的身体里不断重复。现实的风景和心中的风景就如琴上的两根弦,通过振动,奏出了和谐的音调,并且相互获取对方的能量,成为一种难以定义的推动力。

所谓"永恒轮回"指的是把重复的两种形态展开在一个连续的圈内,再把心中的那种振动转化成这个圈。行走者的留步,面对的往往是静止不动的风景。这两者的共存形成了一种环状的、难以定义的交汇:我一直都在这里,明天,我还会来凝望这片风景。

早在一八八〇年中期,尼采就开始四处抱怨自己的行走状态已经大不如前。他的背部顽疾让他吃尽苦头,这让他不得不长时间平躺在椅子上调养。在这样的情况下,他也经常坚持行走,但时间不长。有时候他甚至还需要他人的陪伴。当年,人们给尼采起了个雅号叫"锡尔斯隐士"。如今,这位昔日的"锡尔斯隐士"散步时却总少不了一些年轻仰慕者的"保驾护航":翻译《教育家叔本华》的海伦·泽梅尔,给了尼采一笔丰厚年金的年轻贵族麦特·冯·赛丽斯,他的学生瑞莎·冯·薛赫芙,以及受其点拨的哲学爱好者海伦娜·德斯克沃兹。

在这些风雅女子的簇拥下,尼采变得更加正直善良、殷勤有礼。在每天行走时,也不再孤单。他带着这些女伴来到那块金字塔状的岩石边,向她们讲述自己和瓦格纳之间令人动容的情谊,并告诉她们:正是这块巨石,让他获得了"永恒轮回"效应的灵感。

然而,病魔却悄然而至,将尼采侵蚀:从一八八六年起,他重新成为剧烈头痛、呕吐的牺牲品。每当完成一次长途旅行,他都需要休养数日才能恢复。有时,甚至一次距离略长的行走都能让他疲惫不堪。

这一时期，尼采对城市越来越厌恶：觉得城市肮脏不堪，物价离谱。他那时已经穷困潦倒，冬天的时候，勉强在尼斯为自己租下朝南的房间，却饱受寒冷的折磨。当夏天到来时，尼采迁往锡尔斯，可他却认为那里的天气更糟糕。威尼斯在他看来也太过沉闷，让人消沉。总之，尼采的健康状况正在急转而下。

一八八八年四月，尼采第一次发现都灵这座城市。这一发现造就了他人生最后一场变化。事实上，尼采人生的最后篇章以一种焕发新生的状态开场，宛如一曲赞扬欢乐的颂歌，让尼采充满灵感。他记载道："瞧瞧这石板路，不论对眼睛还是双脚来说，这座城市都是经典的化身。"同样，波河两旁的宽大马路也让尼采心醉神迷。

在锡尔斯度过了最后一个阴郁乏味的夏天后（在此期间，他不断头疼、呕吐），尼采终于在同年九月回到了都灵。只要一踏上都灵的土地，他就喜不自胜，感觉奇迹随时都会降临。

确实，在这一时期，尼采所有的病症都奇迹般地突然消失了，他身体健旺，怡然自得，感觉自己体态轻盈，充满活力。那段时间，尼采思如泉涌，工作得很快，眼睛也再没有任何不适，吃什么都很消化。寥寥数月之内，他就写出了几本著作，速度之快，令人惊叹。每个白天，尼采都会充满激情地快步行走。待到夜幕降临时，他就为以"重新估定一切价值"为主题的著作整理笔记。

一八八九年一月初，约瑟夫·博凯德收到一封尼采六号寄出的信件。读罢来信，博凯德本能地感到不安：因为这份来信分明就是出自一个精神错乱、失去理智的人之手。尼采当时这样写道："其实，比起成为上帝，我更愿意在巴塞尔做一名教授。但我还在徘徊犹豫，觉得自己不该如此自私，应当肩负起创世的责任。"

尼采在一八八九年一月的头一周还写了几封类似的信件，这些信无一例外地都表现出了同样的疯狂。在信的末尾，尼采常会署名狄俄尼索斯或受难者，并附上以下内容："我一旦被发现，你就很容易找到我。从此以后，要想再失去我就会变得很困难。"

博凯德很快通知了奥弗尔贝克，后者闻讯后便快马加鞭地赶到了都灵。他在费诺先生家找到了蜷缩在斗室里的尼采。

房东先生对尼采束手无策，因为此刻的他已经变得不可控制。他在都灵大街上抱住一匹正在受马夫虐待的马的脖子，痛哭不止。过了良久，他才起身开始在街上四处游荡，不时吐露几句疯言疯语，向路人发表高谈阔论。遇到别人举行葬礼，尼采还会加入送葬行列，不断重复死亡这个字眼。

奥弗尔贝克走进尼采的房间，发现他瘫陷在一张扶手椅上，神色惊恐地看着他最新作品的校样。听到响声，他抬起头，看到了自己的挚友。由于惊喜，尼采一下起身，投入奥弗尔贝克的怀中：他认出了他的朋友，随即便在好友怀中失声痛哭。奥弗尔贝克回忆道："尼采当时的神情就好像看到一个深渊在其脚下崩裂一样。"

平静下来后，尼采转身坐下，重新蜷缩于墙隅。

自此以后，尼采开始四处大放厥词：说自己是王子，所有的人都要敬重他。人们把他带上火车，他就声嘶力竭地喊叫，有时甚至会破口大骂。谁都看得出，尼采已经彻底陷入了一种疯癫的状态。人们好不容易把他送上了开往巴塞尔的火车,谎称尼采将在那里受到符合他身份的礼遇。

显而易见,在那个时期,尼采已经神经错乱,他在巴塞尔诊所接受诊治。随后,他又从巴塞尔辗转到耶拿,可病情却没有明显好转。最后,尼采的母亲在瑙姆堡的家中收留了他。直至尼采去世,他的母亲都无私、耐心、充满爱意地照料着儿子。在这七年间,尼采的母亲帮他洗漱,照看他,安慰他,带他散步,甚至还为他守夜。

随着病情的恶化,尼采开始陷入长久的沉默,偶尔也会蹦出几句不着边际的话。他的话语支离破碎,犹如残存的废墟。他不再思考。有时,他会来到钢琴边,即兴弹奏一曲。也只有在这个时刻,尼采的头痛才会消失,眼疾也不再复发。

尼采的母亲知道只有长时间的步行才能给他带来益处。然而,这项计划实施起来却很困难:只要尼采一走上大街,就会袭击路人,并爆发出阵阵怪叫。于是她立即减少了尼采外出的次数,因为她感到羞愧难当:她的儿子已经四十四岁,却仍然只会抬头咒骂天空,或是像熊一样地咆哮。在这样的情况下,她试着调整时间,领着尼采在傍晚时分出门散步,那段时间,夜光昏暗,路人稀少,尼采可以尽情喊叫而不影响别人。

但是很快,尼采的病情急转而下,身体状况的恶化成为他行走的障碍,背部的顽疾让他逐渐陷入了瘫痪的状态。在这样的情况下,尼采只得坐上轮椅,任由别人推着他行走、出行。他常常出神地凝望自己的双手,从左手望到右手,一看就是几个小时。偶尔,他也会倒拿着一本书,含糊不清地吐露几个词语。然而更多的时候,尼采不得不瘫陷在轮椅上,无法动弹,眼睁睁地看着周围的人恣意活动。这场重病让尼采重新成为一个孩子。他的母亲经常推着他到露台透气。从一八九四年秋天开始,除了几位亲人(他的母亲和姐姐),尼采认不出任何其他人,身体也变得一天比一天虚弱。他终日一动不动,蜷缩在轮椅里,目不转睛地看着自己的双手。此时的尼采极少开口,人们难得从他口中听到以下句子:"无论如何,还是会死的""我不会播撒马匹""不再拥有光明"。

尼采身体状况逐渐崩溃,这个过程缓慢,却又不可避免。他双眼深陷,眼神开始变得涣散。

他于一九〇〇年八月二十五日在魏玛逝世。

我很有可能成为后人眼里的一场劫难,所以,从热爱人类的角度出发,我真应该成为一个哑巴。

室外

行走就是身处室外。人们常会把置身室外等同于"呼吸自由空气"。然而,行走却时常会颠覆常人的逻辑,甚至改变人们最习以为常的生存条件。

人们"出门",其实只是从一处"室内空间"转向另一处"室内空间":从家到办公室或是周围的小商铺。换句话说,人们出门,就是为了在别处做点其他事情。身处室外,也就成为一个过渡环节,成为分离"这里"和"那里"的屏障,其本身并没有实际价值。举一个常见的例子:我们几乎每天都会穿行在从家到地铁的这段路上,行走时,我们行色匆匆,心里想着私事和公务,在脚下生风的同时，双手已经伸向了口袋，紧张地检查着是否带齐了所有物品。这里，身处室外的概念其实并不存在，因为"室外"在这里只是充当了一条分隔的长廊、一条隧道、一间巨大的隔舱。

有时，人们出门是为了"呼吸新鲜空气"，具体来说，是为了逃离室内一成不变的摆设和沉重压抑的高墙，因为这一切都让人感到窒息。所以，当室外阳光明媚时，想要出门透气，沐浴在阳光下的想法就变得不可遏制。于是人们外出散步，为的是纯粹度过一段"身处室外"的时光，而不是急着赶往某地。此时，外出的人们尽情享受春风拂面所带来的生气和清爽气息，或是冬天残阳下的温暖。这是一段人们为自己保留的休闲时光。孩子们的出行也往往"动机单纯"。对他们来说，"出门"就是玩耍、奔跑、大笑。当他们成长为青年时，"出门"又意味着和朋友狂欢，远离父母，干一番自己的事业。然而，这里的身处室外同样是两处室内空间的转换，是一种过渡和承接。只不过这种外出比上面提到的外出来得要更加从容。

室外。

可是,当人们长途步行数日后,一切都会发生改变,秩序也随之颠倒。"身处室外"不再只是一个过渡环节,而成为一个稳定因素。虽然,行走者颠沛流离,不断更换住处和落脚点,但此时真正变化无常的却是"室内空间":行走者不会在一张床上睡两次,每天晚上也会受到不同房东的招待。同时,由于环境、摆设、墙壁的不断更新,他们每天也会惊喜连连。

当夜幕降临,身心俱疲的时候,行走者就需要停下脚步,找个地方歇歇脚。此时,"室内空间"就成为下次旅程的起点和在室外停留更长时间的保障,换句话说,也就是中转站。

另外,人们清晨最初迈出的那几步总会给人带来别样的感受。在查阅完地图,选择好路线,请完假,整理好行囊,勘探完道路之后,行走者往往对前行的方向更加确定。事实上,所有的这些准备都预示着行走过程中那些滞留不前、转身重来、暂时停顿的时刻。因为在行走时,人们经常会停下脚步,查看自己的状态,有时甚至还会原地打转。然而，在经历完这个阶段后，行走者会发现道路敞开，步行时也更能控制节奏。他们仰起头，再次出发。这是一次为了行走和身处室外的远行，也是一个行走者所应该抱有的心理状态。此时，"室外"成为我们的生存因素：我们可以真切地感受到自己就居住在室外。表面上看来，我们从一处住所换到另一处，可是，真正持续并具有连贯性的是那些环绕着我们的连绵山峰。其实，是"我"一直围绕着山峦打转，在山边行走时，犹如在家中散步。从某种程度上来说，行走是审视自己居所的一种方式。那些穿行而过的地方是我们的必经之路，那些偶尔路过便遗忘身后的是露宿一晚的客房，晚餐一顿的饭馆；是寄生者，是游魂，却不是风景。

这样看来，"室外"和"室内"的巨大鸿沟似乎可以通过行走来跨越。然而，人们翻山越岭，穿越平原，最后在住所歇脚的说法是不正确的。因为事实几乎与此说法相反：几天以来，我栖居在一段风景内，逐渐把其占用，并将它打造成属于自己的天地。

于是，清晨，当我们离开休憩之地，双颊迎风，站立在世界中心之时,心中会涌起一阵别样的感受:这里才是我每天身居的住所,这里才是我在行走中会停下脚步的地方。

缓慢

长久以来我一直记得他的话。当时我们正在意大利阿尔卑斯山脉一起攀登一段陡峭的山路。马特奥当年已经年过七十五,至少比我年长了半个世纪。但他仍然体态轻盈得像一卷丝线,双手硕大有力,脸庞消瘦,总是站得笔挺。行走时,马特奥喜欢折叠双臂,就像人们在感觉到寒冷时常会做的姿势一样。另外,他还总穿着一条米色长裤。

是他教会了我行走。然而之前我还在不断重申:行走是不需要学习的,因为它无关技巧和成败,也没有特定的规则。行走者要做的只是行动、重复以及专注。没有人不会行走:将一只脚放在另一只脚之前,便是正确的姿势。之后要做的只是选择适当的距离前往某处,前往任意目的地。随后便是一个循环的过程。

将一只脚放在另一只脚之前。

事实上,当我提到"学习"行走时,其实是因为一句话。那天,当我和马特奥行走在陡峻的山路上时,总感觉背后有一股无形的压力。一群吵闹的年轻人意图全速前进,赶超我们。他们故意把脚跺得很响,以示他们的存在。我们于是退到一旁,为这支喧闹匆忙的队伍让道。这些年轻人带着骄傲的笑容向我们道谢。正在这时,一直看着他们穿行而过的马特奥说了一句话:"他们走得这么快,就好像担心无法到达终点一样。"

我从这句话中汲取的道理是:在行走过程中,真正坚定的表现是一种缓慢的状态。我这里所说的"缓慢"并不完全是一个和速度相对的概念。它在此处指的是脚步的规范和划一性。这就是为什么人们常会用"滑行","双腿旋转、画圈"来描绘一个好的行走者。相反,一个不称职的行走者则会时而快速向前,时而全力加速,时而又突然减速。显然,他们的前行充满颠簸,他们的双脚也只能划出生硬的弧度。这些行走者通过陡然加速来完成全速前进,然而,速度的背后是一声声沉重的呼吸。虽然他们看似在运动中采取主动,实则是在身体的推动下被动做出选择。这就导致了这些行走者总是满脸通红,大汗淋漓。写到这里,我们不难看出:和缓慢相对的概念是匆忙。

当我们在山顶和这群"运动健将"再次相遇时,他们正围坐一圈,热火朝天地谈论着各自的成绩,同时进行着精密的计算。这幅场景让我不禁想到:这群年轻人走得如此匆忙,一定是为了有时间能够"休憩片刻"。"休憩片刻",多么滑稽的表达。因为,如果我们驻足片刻,一定是为了欣赏沿途的风景,而这些青年却仍在发表着冗长的评论,做着无休止的比较。不久,我便和马特奥从容离去。

需要承认的是,速度常会给人带来"节约时间"的错觉。确实,肤浅的计算也频频印证了以上说法:在两小时内完成一件事情的确比三小时内完成要少了一小时。

然而，这却是一种抽象的计算方式。这种计算方式的错误在于，人们误认为一天中的每个小时都像机械时钟上的刻度一样完全相同。

事实上，仓促和速度会加速时光的流逝，匆忙度过的两小时会缩短一天的长度。每个时刻都被肢解成零星的碎片，或是过度饱和，濒临崩裂。有时，人们甚至在一小时内就完成了堆积如山的工作。

缓慢行走的一天是漫长的，因为它能够延长时光，任由我们自由呼吸，并让每一小时、每一分、每一秒都更富有内涵，而不是一味地去填充每个时刻。"匆忙行事"是同时、快速地完成几件事情：先做这件，然后那件，再做其他的事。当我们处在这种状态时，时间濒临崩裂，此时它就像一只被塞满的抽屉，里面杂乱无章地堆积着各类物品。

"缓慢"就是和时间完美贴合，让每一秒都连成一气，形成一串滴注，犹如细雨掉落在石间一般。不难发现，时间的延伸也会开拓空间的广度。这正是行走的奥妙之一：对风景的缓慢靠拢，让我们与它更为亲近。这和有规律的碰面会增进友谊是一个道理。这样看来，如果我们每天都面对一座山峰，每天都在不同的光线下欣赏它的壮美，那么它的棱角一定会变得更加分明、清晰。其实，当我们行走时，任何物体都不曾移动，山丘在不知不觉中与我们接近，风景也在悄然无声中完成了改变。我们在火车或汽车上看到群山慢慢向我们走来。我们的眼睛闪烁光芒，飞快转动，它自认为尽收眼底，并理解所看到的一切。然而，行走时一切都不曾真正移动过：事实上，是周遭的一切缓慢渗入了我们的体内。换句话说，行走不是单纯的靠近，而是周围事物逐渐植根于我们躯干的过程。

风景是一杯历久弥香、充满色彩和风味的好茶，任由身体浸泡其中。

出走的愤怒

(兰波①)

"我无法给您一个确切的地址,因为连我自己都不知道近来我将身处何方,也不知道将会走上哪条道路,前往何方,目的何在,以何种方式。"②

对于魏尔伦③来说,兰波是一个"把风当作鞋垫的

---

① 阿蒂尔·兰波(Arthur Rimbaud,1854—1891),19世纪法国著名诗人,早期象征主义诗歌的代表人物,超现实主义诗歌的鼻祖。——译注
② 兰波写于亚丁的信,1884年5月5日。
③ 保罗·魏尔伦(Paul Verlaine,1844—1896),法国诗人,象征主义流派的早期领导人,曾和比自己年轻十岁的诗人兰波有过一段旷世奇恋。——译注

人"。当年,年轻的兰波也说过:"我仅仅是个行人而已。"事实上,他一生都在行走。

行走时,兰波固执却又充满激情。从十五岁到十七岁,他行走是为了到达那些大城市:在巴黎这个充满希望的文学圣地,兰波在帕尔纳斯诗派中崭露头角,结识和他一样的诗坛新星。为了排遣当时令人绝望的孤独,兰波努力推广他的诗作,好让大家能够喜欢他;在布鲁塞尔,兰波在当地的新闻界一展拳脚。从二十岁到二十四岁,他几次踏上前往南部的征程。每逢冬天又会回到家乡过冬,同时为下一次旅行做准备。他就这样无休止地穿梭在地中海的港口(马赛或热那亚)和沙勒维尔之间,面朝阳光,不断行走。从二十五岁直至他去世,兰波选择穿越沙漠,在阳光中前行。那段时间,他曾数次从亚丁横穿至哈勒尔。

一起来吧!行走、负担、沙漠、无聊和愤怒。

※※

在十五岁那年，兰波在沙勒维尔倍感孤独和无用，在这样的心境下，不由被诗人之都巴黎所深深吸引。于是，怀揣稚嫩梦想的兰波选择了离家出走。他在八月的清晨步行出发，没有留下只言片语。大约在走到吉维的时候，兰波搭乘了火车。当时，兰波还是一个学生，他才学出众，但只能通过转卖书籍来获取一些微薄的收入。然而，这些收入根本无法支付他到达首都的全程车票。毫无疑问，当他到达巴黎斯特拉斯堡火车站时，警察早已在那里"恭候"多时。兰波被冠上偷窃以及不正当流浪的罪名，遭到逮捕，并很快被送到拘留所。经过裁定，兰波最终被押往马泽斯监狱。他的修辞学老师，那位著名的伊藏巴尔先生听闻此事后火速赶到，在火车站为他的学生支付了欠款，兰波随即被释放。由于战乱，当时所有前往沙勒维尔的线路被全部切断。兰波顺势前往杜埃，在他保护人的家中住下。他在那里度过了一段美好的时光，每天与文学为伴，享受着姐姐们的宠爱。然而这时，他的母亲却开始召唤他回家。

可是，回家还不足一月，兰波就开始转卖旧书，不久便再次离家。他先是坐火车，只身前往弗迈，随后沿着默兹河，步行穿梭在一些城镇之间（维勒、吉维），最后来到了比利时的沙勒罗瓦。

八天以来，我踏破短靴；
在布满碎石的小路上，走进了沙勒罗瓦。

在那里，兰波意欲在《沙勒罗瓦日报》谋得一职，可却遭到了拒绝。于是他在身无分文的情况下步行前往布鲁塞尔，希望在五十公里开外的比利时首都能再次投靠他的保护人：伊藏巴尔先生。

行行，两拳插入裂开的衣囊，
如今的外套也形成了理想。
在天底下走，女神缪斯，我原是你的崇拜者哟，
哦拉拉，有怎么样爱的光辉被我所梦见！

兰波就这样手插口袋,梦想着文学的荣耀和爱的滋养,愉悦地走完了这五十公里。然而,伊藏巴尔先生却并未现身。多亏老师的朋友杜让先生资助了兰波,才使他得以重新出发。但兰波却并未直接返乡,而是再次来到杜埃:他的新家。关于这段回忆,兰波记载道:"我有种回归自我的感觉。"在到达时,他还带了一首沿途创作的诗歌,他摇晃着手臂,一气呵成。诗歌的灵感来源于他离家出走的经历,并配上了所行道路的韵律。

这是一首表达幸福和描绘乡间客栈悠然、热情气氛的诗作。可以感受到,兰波对这次旅程很满意,因为他的身体与周遭融为一体,他的青春得以释放。

  非常兴奋地,我在桌下展开双腿。

秋天,兰波在一片金色背景的映照下,继续每天行走。在一个个喜悦的夜晚,他把星空当帷盖,沿途露宿。

> 我的住家是在大熊星上,
>
> 我的星星于高空珊珊地作颂。

兰波小心翼翼地在大开面白纸上摘抄自己的诗句。当年他十六岁,被来自新家庭的爱护所环绕,感到很幸福。然而,十一月一日那天,兰波的母亲突然勒令伊藏巴尔在最短的时间内将儿子还给她,并放话说为了"避免开支",她甚至不惜动用警力。

一八七一年二月,普法战争爆发。巴黎仍旧是兰波魂牵梦萦的对象,虽然第一次前往首都的时候,只有监狱的高墙和他相伴。在沙勒维尔,天气寒冷。兰波总是摆出一副不可一世的架势,故意把头发蓄得很长。那时,他常神气活现地在一些主要马路上踱步,嘴里还抽着烟斗,神情狂躁。其实,暗地里,他正悄然无声地筹备着自己新的旅程。这一次,兰波转卖的是一块银质怀表,这让他攒足了前往首都的车旅费。二月二十五日,兰波游走在巴黎的大街上,满怀激动地凝望着书店的橱窗,询问诗坛的最新动态。那段时间,他经常在煤油船里过夜,吃的也常是些残羹冷炙，尽管如此，兰波仍然疯狂地想进入当地的文学艺术圈。然而，那并不是一个适合谈论文学的年代：普鲁士人已经大举进攻，整个巴黎都笼罩在黑色旗帜的阴影下。当时的兰波饥寒交迫，肚子和钱袋一样空空如也。在这样的情况下，他不得不穿越敌人的阵线，步行返乡。有几次，兰波只得依靠农民小推车上的食物勉强度日。根据记载，当他在某个深夜回到家中的时候，"几乎赤裸着身体，并患上了严重的支气管炎"。

兰波是否在来年春天再次出发？是传说，还是事实？这是一个谜，人们可能永远都无法知晓答案。但可以肯定的是，兰波在得知巴黎公社统治巴黎后感到热血沸腾。作为一个共产主义组织的发起者，兰波在沙勒维尔就深刻地感受到了反抗的热潮。虽然出生在一个虔诚的教徒家中，兰波却成长为一名反对教权主义和维护共和政体的狂热斗士。随着巴黎公社的兴起，博爱和自由的思想开始深入人心，这让兰波感到心潮澎湃。他认为："旧的秩序终被打破。"公社于三月正式掌权，虽然如今无从证实，但在四月，有人确实在巴黎看到过兰波。德拉哈耶回忆道,兰波申请入社,并主动加入了设在巴比伦的大本营,成为一名自由射手。兰波为巴黎公社奔波了两周,他乘煤油船来到首都,离去时却徒步返乡,途中饥寒交迫,贫病交加。

之后,兰波第四次(也可能是第三次)来到巴黎。对于这次旅行,他全情投入。一八七一年秋天,兰波十七岁。这次他不再遮遮掩掩,甚至告诉母亲自己将远行。事实上,这几乎是一场官方旅行,因为兰波是受到魏尔伦的邀请前去的。之前,兰波曾把自己的诗作寄给魏尔伦,请他垂阅,后者读后被其作品深深吸引,回信道:"请过来,请尽快过来,珍贵而又高尚的灵魂。"另外,他的这次车旅费也是众人为其筹集的。兰波则带上他的《醉舟》只身前往巴黎,作为回报、筹码和佐证。

众所周知,兰波和魏尔伦从此开始了三年漫长的同居生活。他们的爱情刻骨铭心,充满激情:一起疯狂,生活动荡,曾三次在伦敦共同短暂居住,纵酒作乐,激烈争吵并快速和解。然而,在布鲁塞尔的那一声枪响,终止了这一切:魏尔伦入狱。之后,兰波为了探望他的爱人,不得不四处流浪。他曾经回到过沙勒维尔或罗什，可那里的生活仍然让兰波甚感无聊。他和魏尔伦的恋情也使他和文学界渐行渐远。自从兰波来到巴黎，他就背上了不良少年、道德败坏、伤风败俗、嗜酒成性的恶名。

一八七五年，兰波二十一岁。那年，他一举完成了《地狱的一季》《灵光集》和《精神狩猎》。然而，这以后，兰波却鲜有创作。在出版《地狱的一季》时，由于无力支付发行人，兰波只拿到寥寥几本样书，情景凄凉。他在有生之年也从未看到自己的《灵光集》问世。但是，五年内，这个羽翼未丰的青年却震动了整个文学界。可是，兰波却再也没有创作过一首新的诗。兴许他用"电报风格"写了很多信，却没再写过一首诗。这一时期，兰波仍会长时间行走，固执而坚定。

不久，兰波就开始为新的征程做准备。这一次，他决定前往远方，于是把自己关在房间里，开始学习语言。他先后学习了德语、意大利语，研习了希腊语和俄语字典，也设想过学习西班牙语，可能还接触了基础阿拉伯语。五年中的每个冬天，兰波都用来学习语言，长时间踱步的习惯也留给了春天。

一八七五年,兰波决定从斯图加特前往意大利。他途经瑞士,先是坐火车,但很快发现自己穷困潦倒,于是不得不改为步行赶路。兰波穿过圣戈塔尔,到达米兰时已经精疲力竭,好在一个神秘女子在那里招待了他。离开米兰后,兰波又试图步行前往布林迪西,却由于中暑,瘫倒在了利沃诺和锡耶纳之间的道路上。在被遣送回马赛后,兰波先是前往巴黎,随后再次回到了沙勒维尔。

一八七六年,兰波继续通过步行展开冒险。在剃光脑门上的头发后,他出发前往俄国,却在到达维也纳后止步不前:人们发现他被一个马车夫痛打了一顿,整个人奄奄一息,身上也没有任何证件。之后,兰波加入了荷兰军队,却在印度尼西亚的沙拉迪加叛逃。

一八七七年,兰波动身前往不来梅,打算去美洲。可他却在斯德哥尔摩成为一名马戏团售票员。随后,他还是回到了沙勒维尔。

一八七八年,兰波在马赛登船前往埃及。然而,却突然染上重疾,被遣送回国。他步行回家,不久在瑞士重新出发。这一次,兰波再次从圣戈塔尔徒步来到热那亚,在那儿搭船前往塞浦路斯,途中甚至还成为船上的小头目。然而,在一八七九年的春天,兰波高烧不退,只得打道回府。同年冬天,兰波前往马赛,却再次受到病魔的侵袭,不得不半路折回。

兰波就这样周而复始地重复着同样的动作,缓慢地游移着。冬天,他窝在家中百无聊赖,自由受到了限制,深感折磨。在这样的情况下,兰波只能通过研读字典来打发时间;其余时间,则做着发财的美梦。

他于一八八〇年再次启程前往塞浦路斯。在匆忙上路后(传言他在途中给了一个工人致命的一击),兰波第一次没有半路折回,回到北部,而是继续向南部进发。他穿越红海,来到了亚丁。

这将是兰波生命中最后一次惊天之举;他在亚丁和哈勒尔之间,穿行了数十年,游走在沙漠和山峦间。

四十度的高温,亚丁热得就像一个火炉。兰波在一些咖啡店负责监督摸彩活动,并受到雇主的赏识。有个叫巴尔代的当地商人打算在哈勒尔开设一家新的分店，他想到了兰波。事实上，这家新店将开在阿比西尼亚地区，海拔高达一千八百米，气温温和。兰波接受了巴尔代的邀请，备好商队，准备上路。

从亚丁到哈勒尔需要跋涉三百余公里。这是一条荆棘丛生、布满碎石的路。途中，还需要穿过森林，翻山越岭，才能到达目的地。兰波骑马前进，但很多时候不得不步行向前。商队就这样缓慢前行着，整个旅程耗时两周。到达后，兰波和新雇主做起了贸易。他从适应环境到逐渐厌倦，后来甚至变得焦躁不安，为了缓解这种状态，兰波时常出门远行。他总是在哈勒尔待上一年，然后回到亚丁。随后重新来到哈勒尔，一年后再次返回亚丁。每年走过的都是一样的路途，经历的都是相同的疲惫。随着业务的起落，兰波也会不断更换职位。然而事业总不见起色。其实，兰波的脑中不乏疯狂的计划，但他总是无法坚持，甚至无力实施。他想赚钱让自己安顿下来，从此过上平静的生活。

一八八五年的时候，兰波找到了一条让他致富的捷径。他准备通过商队把一些武器和弹药运送到肖阿,然后倒卖给梅内利克国王。兰波为此投注了他所有的积蓄。他找到了两位合作伙伴:索莱耶和拉伯图,但两人很快先后去世,可兰波并没有就此放弃。他筹集完钱款后便踏上征程:"我们于一八八六年九月出发,路途漫长,我们花了近两个月才到达安可和。"弗朗迪见证了这次旅程,他回忆道:"兰波总是徒步走在商队的最前面。我们连续五十日跋涉在最干旱的沙漠中。"从塔朱拉县到安可和,这是一段孤寂的旅途,商队穿越了一片浩瀚无垠、充满艰险的玄武岩沙漠。地面被灼烧得滚烫。兰波记录道:"这些道路让人联想到月球上那些可怖的图景。"然而,在到达终点时,他们却并没有找到国王。这让整个商队陷入了严重的经济危机。此时的兰波已经筋疲力尽。他一无所有地回到哈勒尔,只得重拾过去的一些小生意。

生活就这样继续着,可祸从天降,兰波的膝盖开始疼痛,直至后来肿得无可救药。那一年,他三十六岁。

※※

阿蒂尔·兰波在十五岁的时候还是一个孱弱的男孩，湛蓝的眼睛里透出坚定，也憧憬着远方。一日，在黎明破晓时分，兰波悄无声息地离家出走。他在布满影子的家中起身，悄悄地把自己身后的门合上。他的心开始怦怦直跳，当看到洁白小径在自己眼前悠然展开时，不由在心中默念了一句："出发！"

步行，仍旧是步行。兰波用他那"所向披靡"的双腿丈量着大地的广度。

他已经记不清楚有多少次从沙勒维尔穿行至沙勒罗瓦；多少次在战争时期，由于学校关门，自己和迪拉哈耶走去比利时购买烟草；多少次从巴黎返乡，穷困潦倒，饥肠辘辘。之后又多少次行走在南部的大道上：走过马赛，穿越意大利。最后又多少次穿行于沙漠之中：从泽拉到哈勒尔，再到一八八五年的远征。

每一次，兰波都步行完成旅程。正如他说言："我只是一个步行者，仅此而已。"确实，仅此而已。

事实上，要想徒步向前，有时需要一团怒火。每当兰波出发前，人们总能听到一声愤怒的呐喊，或是感受到一种微怒下的喜悦。

> 走，走，戴冠穿衣，两拳插入衣囊中，悠然离去。
> 向前，上路！
> 出发！

你就这样行走着。

要想出发或步行，首先需要学会愤怒，而且这种愤怒并不来自外界。在这里，行走不再是辽阔世界的一声召唤，对真理的一句承诺，或是对宝藏的一次探寻。它首先是行走者内心的一团怒火。他们从心底里对身处此地感到痛苦，无法在原地继续生活，无法在生龙活虎的时候埋葬自己，简单来说，就是无法在这里继续停留。兰波曾在哈勒尔的山间写道："你们这里天气不好，冬天太过漫长，雨水则过于冰冷。然而，在阿比西尼亚，穷困和无聊却让人无法忍受。我每天都在这里经受着一种倦怠的静止：无书可读，无人倾诉，没有任何长进。"

此地让人生厌。无法在此地再多停留一天。此地糟糕透顶。

所以必须离开："向前，上路！"此刻，所有的道路都是康庄大道，所有的道路都面朝阳光，浸润在日光之中，虽然有些盲目，但行走者却很快乐。也许，其他地方并不一定更好，但至少它远离了此地。另外，要想真正上路，首先应当有路可走："两拳插入裂开的衣囊"。只有走在大路、小径等各种道路上时，才能真正做到离开此地。

和这里道别，前往其他任一地方。

行走其实是一种愤怒的表达和一次虚空的决定。很多时候，上路就意味着离开，因为人们把一切都抛到了身后。在步行离开这一行为中，我们常可以感受到行走者的坚定：他们之中鲜有中途返回的人，因为他们认为，一旦出发，任何事情都不可逆转。所以，我们也会看到他们在出发时总带有两种相左的情绪：焦虑和淡然。焦虑，是因为他们的舍弃。在这些行走者看来，步行出发再返回是一件难以想象的事情，返回就意味着失败。除非是进行短途散步之后的返回，若是长途跋涉几日再返回，则绝无可能。行走，就是不断向前，路漫漫，时间是如此宝贵和沉重，返回就是浪掷时光。淡然，是源于行走者留在身后的一切：看着那些滞留原地的人，仍旧过着静止不前的生活。而他们则已被这份淡然的心境带向了远方，想到这里，他们就兴奋地全身打战。

从离家出走来到巴黎，兰波先后游荡过伦敦，行走在比利时，攀登了阿尔卑斯山脉，穿行过沙漠，最后到达了哈勒尔。此时，他的膝盖已经无可救药地肿胀起来。一八九一年的二月二十日，兰波写道："我现在的状况很不好。"他的双腿每天都把他折磨得无法入睡。然而，兰波生性坚强，他强忍着伤痛，继续忙碌于自己的工作。他终日奔波，直至膝盖变得完全僵直。在这样的情况下，他终于决定倾其所有，与这座城市道别。四月七日清晨六点，兰波在一副担架上永远地离开了哈勒尔。他雇用了六个人轮流抬着他，进行了为期十一天的痛苦旅程。

根据回忆，他们在半途中遇上暴雨，兰波就在暴雨中整整平躺了十六个小时。他记录道："这次经历让我痛苦不堪。"不难想象，一个如此擅长跑动的人，却在十一天里被举在一副担架上，并颠沛流离地前进了三百余公里是一种什么样的感受。在达到终点时，兰波已经筋疲力尽。他回忆道："当时，我膝盖的肿胀已经一目了然，疼痛也在持续加剧。"到达后，兰波处理了一些事务，在经过短暂休息后，他乘坐"女骑士号"再次出发，又经过了十一天的路程，兰波到达了马赛。

他在马赛上岸后，立即被送往圣母医院。"我当时的情况非常、非常糟糕。"经过诊断，兰波需要尽快进行膝盖以下部位的截肢手术："医生告诉我，我还需要休养一个月，而且即使过了这个时期，我也只能十分缓慢地尝试行走。"好在兰波的伤口愈合情况良好。他记录道："我订制了一条假腿，只有两公斤重，一周后就能完成。我将慢慢试着用它重新开始行走。"当然，兰波也会因为自己不能动弹而狂躁不安。他的母亲前来探望过他，随后又离开。兰波写道："我什么都想做，哪里都想去，去观察，去生活,去旅行。"他开始无法忍受医院里的生活,决定搭乘火车返回罗什,回到自己的家中。这是兰波二十年后第一次返乡。他的姐姐伊莎贝尔尽心尽力地照料着兰波,而他却变得越发暴躁,身体情况也急转直下。他几乎不再进食,无法入眠,整个身体都在疼痛。另外,他每天都会喝些罂粟药茶。

兰波就这样一天天变得消瘦,枯槁得就像一片秋天的落叶,可他却决定再次出发,成就自己最后一次奔波。北方的夏天有时过于凉爽。于是,兰波决定在同年夏天在马赛登船出发前往阿尔及尔或是亚丁。此时的兰波已经心力交瘁,然而他却执意面朝阳光,再次远行:"主啊,当严寒成为一片草原。"八月二十三日,兰波的姐姐陪着他乘坐火车出发。途中每当需要换乘马车,或穿梭于各大火车站时,都是一场灾难。兰波一到马赛就住进了医院。这次旅行已经彻底将他耗尽。

在他当时的主治医生看来,兰波已经病入膏肓。这座医院将是他最后的驿站。医生说他最多可以活几个月,甚至只有几个星期。周围人都向兰波隐瞒了他的病情。

九月三日的时候，兰波的双手终于不再颤抖，写下了下面这段话："我还在等我的假肢。等它一完成就请送到我的手里。我急着离开这里。"他就这样每天都念叨着他的假肢，焦急地期盼着它的到来。他甚至强烈要求马上得到它，因为他想"靠它重新站立，重新开始行走"。兰波的病痛逐日加剧。看着天空透出富有生命力的蓝色，像是在召唤他再次出发。每当这个时刻，兰波就会倚在窗边暗自垂泪。他常对姐姐说："我正朝地下走去，而你则行走在阳光中。"听上去简直像一声责备。渐渐地，兰波的身体开始变得僵直，关节开始僵硬，他描绘道："我只是一段不会移动的躯干。"那段时间，兰波终日依靠吗啡度日，疼痛却依然很剧烈。十一月初的一天，他开始神志不清。这将是他留在此地的最后一周。

在伊莎贝尔的回忆录[①]里，如果一定要进行选择，我比较欣赏在《垂死的兰波》中关于他最后归依及临终谵语的描写。当时，兰波卧床不起，四肢已经无法动弹，心脏也将马上停止跳动。他胡言乱语，说看到自己开始

---

① 书名为《圣物》，由法国墨丘里出版社出版。

行走，准备重新出发。有时，他发现自己身处哈勒尔，正欲启程前往亚丁。"出发！"不知多少次，兰波从心底高呼这句口号。他持续谵语，说他要去寻找骆驼来组织新的商队。他幻想自己成功装上假肢后，"戴上假腿，脚下生风"。在幻想中，他疾走如飞，激情昂扬地一次次出发："快点，再快点，大家正等着我们，让我们整理好行囊，然后出发。"兰波临终前说的最后一句话是："快一点，大家都等着我们。"他甚至感到愤怒，认为不应该就这么让自己沉睡那么久，因为现在已经晚了，太晚了。

"主啊，当严寒成为一片草原。"动身前往远方，逃离家庭和母亲，逃离阿登的寒冷和幽暗森林中刺骨呼啸的北风，逃离忧伤与无聊，逃离阴郁的天气、暗无天日的日子、灰暗天空中的黑色乌鸦，逃离冬天可怕的死气沉沉，逃离那些久坐不起的人们所犯下的愚蠢。"让五月的黄莺恣意飞翔。"

行走。我认为行走的意义对于兰波来说意味着逃离。这是一种行走时把一切都抛在身后的深切喜悦。一旦出发，就绝不返回。当然，在行走时，这份巨大的喜悦也会伴随着一些其他感受：劳累、精疲力竭、忘却自我、遗忘世界。行走中，我们所有的过往和曾经的窃窃私语都会被湮没在掷地有声的脚步之中。不过随后，行走的劳顿又会使这所有的一切都烟消云散。我们一直很清楚自己为什么要行走，为了前进，出发，重聚，再次上路。

出发，上路！

我是一个行走者，仅此而已。

兰波于一八九一年十一月十日去世。在此之前，他刚刚度过了三十七岁的生日。在圣母医院的死亡登记簿上，留下了如下记录："出生于沙勒维尔，途经马赛。"

途经。是的，他来到这里只是**路过**，目的是再次出发。

孤独

如今,唯有独自出发,才能够更好地享受一次远足。如果人们结伴同行,哪怕只有两人,都会使真正意义上的远足变味,成为一种类似野餐的行为。远足应该完全独立完成,因为只有这样,你才是完全自由的:你可以任意停止或继续,根据自己的偏好来选择行走的道路;总的来说,你可以依照自己的步伐前行。[①]

是否真的应该独自行走?独行的例子其实不在少数:

---

① 罗伯特·路易斯·史蒂文森,《骑驴漫游记》。

尼采、梭罗、卢梭……

事实上，陪伴时常意味着碰撞、阻挠，乃至步伐的扭曲。因为，每个人在行走时都有自己基本的节奏，并总想努力保持它。一旦找到各自适合的节奏，人在行走时就不再感到疲倦，甚至可以持续行走十余小时。但是，这种节奏却十分精确。所以，当我们需要跟随他人脚步来加速或减慢时，身体的灵巧度就会降低。

然而，彻底的孤独并非行走的必需。因为，就算三四人结伴同行，仍可在行走时保持缄默。每个人依着自己的步伐，渐渐拉开些距离，此时，走在前头的人常会转身稍作停歇，然后不由自主，神态轻松，甚至有些漫不经心地问一句："都还好吗？"走在后面的人则用手势作答。有时，前面的人也会双手叉腰，等待落在最后的同伴，等大家聚齐后便重新上路，途中，先后顺序也会悄然发生改变。人们根据自己的节奏，来来往往，交错向前。步行前进并不意味着要迈出完全一致、整齐划一的步伐。因为人体毕竟不是一台机器，它时常允许我们拥有短暂的消遣和放松的欢愉。当结伴同行的人数达到三至四人时，行走就会成为一段分享孤单的时光。因为孤单也可以被拿来分享，就像面包和时光一样。

然而，当人数超过四人时，这群行走者就会组成一个社团，一支向前的队伍。人们大声喧哗，吹着口哨，推推搡搡，互相等待。很快，大家就会拉帮结派，组建小团体。每个人都开始吹嘘自己的装备。甚至在吃饭时，人们都在竞相攀比，总想让别人尝尝自己带的神秘美味。此时的状况犹如炼狱，所有简单质朴的元素都消失殆尽。此刻，社会被移植到了山上。人们开始进行攀比。所以，行走的时候最好还是孤单一人。当同行的旅伴超过五个，孤单则再也无法被众人分享。

可是，当我们真正独自行走，形单影只时，却又会产生新的问题。首先，我们永远无法做到真正的独处。就像梭罗所描绘的一样："我整个上午都被簇拥着，直到有人来拜访我。"[1] 本来，陪伴梭罗的是树木、阳光、碎石。事实上，与他人的相遇，常使我们变得更加孤独。因为，交谈会让人不由自主地谈论自己与他人的区别。随着交

---

[1] 梭罗，《瓦尔登湖》。

谈的深入，对话人常会把我们引入他自己的经历和生存空间中。其结果会导致交谈双方相互的不理解，甚至互相欺骗。

　　当人们置身于自然中，就会感受到一种持续的召唤。仿佛周围的一切都在向我们致意，同我们交谈，吸引我们的注意力：树木，花丛，斑斓的小路，微风的低吟，昆虫的鸣叫，潺潺的小溪，掷地有声的脚步。所有的这些悸动都与你的出现遥相呼应。当然还有雨水。有时，一阵微风细雨，是我们最好的陪伴。因为它在喃喃低语的同时也会用心聆听。不难发现，雨声其实也有自己的"声调"、响度、间隔。比如打在石头上的雨水会发出清晰的汩汩声，倾盆大雨有时会形成一块帘布，以匀速倾泻而下。所以，要想在行走时做到完全孤单，几乎是件不可完成的事。透过目光，人们拥有了太多事物，它们就这样展现在行走者的面前，通过凝望而为我们所拥有。每一个行走者都应该感受一次海岬所带来的眩晕，当人们经过努力终于站立或安坐在岩石上时，才能眺望海洋，把全景尽收眼底。所有的田野、房屋、森林、小径全都属于我们，甚至为我们而存在。行走者通过攀登成为万物的主宰，并时时享受着这份拥有。试问，当人们在拥有这个世界的时候，还会感到孤单吗？事实上，观察、俯视、遥望就是拥有。然而，行走者却无须面对一个"主人"所需要承受的困扰，从某种程度上说，他们是以一个"偷窃者"的身份在享受这个世界的美好。当然，行走者们肯定不是真正的偷盗者，因为，一路攀登也需要付出努力。所有我看到的一切，展现在我眼前的事物都为我所有。所以，视野的宽度也决定了拥有的物体。总的说来，我不再孤单，因为世界为我所有，为我存在，与我同在。

在这里，我想和大家分享一个富有智慧的朝圣者的故事。一日，天色漆黑，眼看着马上要下暴雨，这位朝圣者沿着一条路走了很久，走到山谷尽头，看到了一片种着成熟小麦的田野。这片麦田生长于杂草丛中，被打理得很工整，在低沉阳光的映照下，麦田在微风中摇曳，泛起一圈迷人的光晕。这一景色美得让人动容，朝圣者缓慢前行，同时欣赏着这番盛景。正走着，他遇到了这片农田的耕作者，只见他耷拉着脑袋，完成了一天的工作正要返回。朝圣者叫住了他，拉着他的手臂，动容地低语道："谢谢。"农民沉下脸，说道："我没有什么可以施舍给您这个不幸的人。"可是，朝圣者却平静地回答道："我感谢您，并不是因为您将会施舍给我什么，因为事实上，您已经把一切都给了我。您为这方麦田烦恼，在您的努力下，这片农田呈现出无与伦比的美丽。此后，您关心的是一颗麦粒的市价。而我，作为一个行走者，在整个旅途中都能够欣赏这片金黄麦田的美。"说完，长者仍旧保持着微笑。农民则转身，继续赶路，一路连连摇头，认为自己今天遇上了一个疯子。

所以我们在行走时绝不会感到孤单，因为途中所有富有生命力的物体都能引发我们的共通感，不论是草木还是花朵。甚至，人们有时行走只是为了外出"拜访"：拜访那一片片绿地、树丛、紫色的山谷。在相隔数日、数周、数年之后，人们往往会不由自主地想道："我确实很久都没有去那里走动过了，这些风景正在等我，是步行去拜访它们的时候了。"于是，我们缓慢上路，脚步坚定，重新遇见高耸的山丘和茂密的森林，就像与老友重逢一样。

在行走过程中不会感到孤单的最后一个理由是：行走的个体一旦上路，就成为两人同行。尤其是在长时间跋涉后。我的意思是，就算我们独自一人，身体和灵魂的对话仍在照常进行。当人们行走规律顺畅之时，内心就会充满斗志，感到愉悦，并会满足地拍拍双腿说道："我的腿还真不赖。"这一动作，其实和骑马时拍拍马脖子，赞叹马匹别无二致。相反，当有时经过长途跋涉，身体感到透支的时候，我们的内心就会为身体打气："加油，你一定能行。"所以，当个体一旦开始行走，其实立刻就组成了一支两人同行的队伍：人的内心和躯体。不难发现，心灵在这里充当着身体的见证者，它积极却又谨慎地履行自己的职责。内心不但要跟随身体的节奏，还见证着它的努力：当人们向上艰难攀登，并把双手支在腿上时，可以在膝盖处感受到身体的重量。在继续前行时，内心就会不断给予"你很棒"的鼓励。此时，心灵成为身体的骄傲。因为，我一旦上路，就能依靠内心形成一种自我陪伴。而且这场身体和心灵的永久对话可以一直持续到晚上，而不让人感到厌倦。事实上，正是通过这场对话、这一分享，才让人们感觉到自己在行走，在前进。换句话说，行走引发我们自我审视，完成自我鼓励。

有时，当我们置身于一片岩石之中，身边又鲜有草木时，会感到这条布满碎石的道路过于陡峭，充满艰险，甚至有些绝望：觉得自己被孤立，内心深处有种被世界排除在外的想法。如果那天碰巧天气阴沉，那么这种想法马上会变得难以忍受，并且难以克服。这时，行走者的喉咙就像打了结一样，焦躁地在崎岖的路上加速前进。当人们被巨石包围，身处在一片可怕的寂静中时，独自行走就显得难以想象：此时的脚步声会发出惊人的回响，身体由于移动，也发出阵阵喘息声。在这一刻，我们的躯体为生命蒙羞，被这个冰冷、高傲、绝对、永恒的世界所抛弃。或是在雨天或雾天的时候，当我们什么都看不见，也会出现自己不属于任何地方的幻觉。此刻的行走者会认为自己只是一具被冻僵却仍在向前的躯体，仅此而已。

寂静

被打破的寂静往往比打破它的人更让我受益良多。①

和孤独一样,寂静也有好几个种类。

人们总是在寂静中行走。当我们离开街道、大路、公共场所的时候,同时也是远离速度、碰撞、千万人的脚步声、人群的尖叫与嘈杂、窃窃议论声、马达刺耳的发动声之时。此时,人们会被寂静所环绕,周围的环境也会跟着变得通透起来:万籁俱静,所有的一切都在专

---

① 梭罗,《日记》。

注地休憩。在这一刻，我们彻底逃离了世间的喧嚣、走廊的声响，以及各类噪声。这里，行走意味着让耳朵自由呼吸，因为寂静就像一阵清爽的微风，吹散了周边所有的云彩。

首先是来自森林的寂静。茂密的树丛在我们身边筑起了道道移动却并不稳定的高墙。我们行走在已被开垦的道路上，可是这些小道很狭窄，并且蜿蜒曲折。我们很快就迷失了方向。此刻的寂静略带颤抖，让人不安。

也有在仲夏的午后，艰苦行走时的寂静。在太阳毫不留情的曝晒下，人们或是在山间攀爬，或是跋涉在布满碎石的小径上。此刻的寂静如晶体般鲜亮、多样，令人窒息。人们甚至都可以听到脚下碎石发出的轻微摩擦声。此时的寂静犹如透明的死亡：毋庸置疑又不可抗拒。天空呈现出一种超脱的湛蓝。人们低头前行，并不时地从一声沉闷的响声中获得安慰。这万里无云的天空和耸立的岩石构成一种绝对的存在，一种无法超越的安宁和绝对的寂静：万物充满活力却静止不动，就像一把拉开的弓。

还有那些专属于清晨的寂静。在秋天，每当我们需要长途步行时，都应该尽早出发。这一时节，阳光投射在红黄相间的树叶上，使得外部世界呈现出一片紫色的光辉。这是一种专注的寂静。人们在幽暗的树木间缓慢穿行，枝叶间还残留着昨夜的痕迹。万物都在小心翼翼地低声私语，人们简直有些害怕从这种幻境中苏醒过来。

接着是雪中漫步时的寂静。在白色天空的映照下，人们在雪地中悄然前行。周围的一切都不再移动。时光和万物都被融化在了冰雪中。这是一种无声的静止，所有的事物都戛然而止，相互凝固在了一起。此时的寂静是白色的，它悬挂在半空，像一件羊毛质地的用品一般，处于休眠的状态。

最后是黑夜中那独一无二的寂静。有时，夜晚突然而至，或是距离住宿地太远，人们不得不在室外过夜。于是大家忙乎着开始寻找一个好的落脚点，进食，相互取暖，然后很快入睡。几小时后，当深夜来临之时，又会突然醒来。双眼骤然睁开，像是被深沉的寂静所惊扰。仿佛是移动的声响，又好像是睡袋发出的噪声。到底是什么惊醒了我们?难道是寂静本身吗?

在《松林中的一夜》[①]这一章节中,史蒂文森也提到这种突然惊醒的现象。他认为,这一现象通常发生在午夜两点,只要是露宿室外的人,都会无一例外地在同一时刻惊醒。史蒂文森甚至猜测这一现象和宇宙之谜有关:是否大地的震颤摇动了我们全身?时间在某一时刻突然加速前进?还是一颗来自天际的隐形露珠滴在我们额头?无论如何,这是一个震动人心的时刻:寂静成为一曲乐章在耳边回荡,又或许在这一刻,当人们仰头望天的时候,可以清晰地听到来自星际的歌谣。

行走中的"寂静"首先意味着闲谈的终结。事实上,闲谈是一种持续的噪声,它无视秩序,混杂凌乱,像广袤平原中的杂草一般侵蚀着我们的生活。有时,闲谈甚至会震聋双耳,让我们听不到任何响声,变得昏昏沉沉,神志不清。这种闲谈制造的噪声总是无处不在,并常泛滥成灾。

然而,行走中的寂静更是一种语言的消失。在我们

---

① 《骑驴漫游记》。

这个世界中，所有关于工作、业务、生产、消费的活动都有其各自的功能、位置和效用。所有的活动也都有一个词语与之匹配。组合词语的语法则是用来重现这些行为的顺序、劳动成果，以及忙碌状态的一门科学。由于人类总在行动、生产、忙碌，我们的语言也就融合在了生产实物、手势、日常行为和态度之中。另外，人们为了相互适应，把语言也当成了日常生产的一部分，让其参与生产。从这个层面上来说，语言与那些表格、数字、报表别无二致。因为它们都同样包含了以下元素：标题口号、指令、综述、决定、报告、规则。事实上，语言是一本使用说明，一份招标细则。在无声的行走中，人们不再使用语言，因为在行走时，我们只顾一味向前。此时，对于那些以重新规范、详细解释、昭告读者为目的的登山指南我们应该抱以怀疑的态度。因为这些指南中充斥着各类名词和解释：地形的描绘、岩石和山坡的形状、植物的学名，以及各自的特点等，它试图让行走者相信所有我们看到的事物都有特定的名字和生存的法则。其实，在行走的寂静中我们反而能够更好地聆听，因为此刻听到的内容无须再被解释、规范、改写。

　　一个人在说话前,首先要学会看。①

所以,真正留给行走者的是一种微不足道的语言,一些我们无意间迸出的词句:"出发,出发,出发""事实就是这样""就是,就是",一些犹如挂在二层的花环,不足为奇的话语。有时,甚至是一些并不是用来说的言语,但它们却可以衬托这份震颤中的寂静,让其发出有力声音,不断回响。

---

① 《日记》。

觉醒的步行者

（卢梭）

卢梭曾经很明确地表明，自己只有在行走时才能够真正地思考，写作，创造，获得灵感。只要一看到书桌和座椅，卢梭就感到一阵恶心，并失去了所有的勇气。他唯有在漫步之时才会思如泉涌，只有行走在小径上的时候才能变得能言善辩。总的来说，那些羊肠小道犹如移动着的微小符号，激发了卢梭的想象。

> 我只有在散步的时候才能做些事情，乡村就是我的工作室。书桌、纸张、书籍这些物品都让我感

到厌倦。有关工作的设备更是让我失去信心。如果我久坐不起,伏案写作,那我肯定才思枯竭。因为放飞心灵的需求夺去了我所有的灵感。①

在卢梭身上,我们可以总结出三次重大的行走经历,分别是:晨曦、晌午和黄昏。

从十六岁到十九岁,卢梭开始行走。这是一些带着青春萌动的长途旅行,情绪激昂,充满热情。二十岁的时候,按照卢梭自己的话说,那时旅行,自己更像一个有头有脸的"绅士":每次外出都乘坐敞篷马车,并狂热地追寻着荣耀与认可。

> 我只在年轻的时候步行旅行,那时总是心情愉悦。但很快,责任、事务、行李让我不得不像个"绅士"一样地搭乘马车。随后,烦恼、困窘、拮据接踵而至。曾经的旅行让我感受到的是出发的欣喜,而如今的旅

---

① 《我的肖像》。

行却只剩下到达的需要。①

这样伪装的日子过了很久,卢梭在经历了让人精疲力竭的动荡生活后,终于在四十岁的时候,第一次和之前的生活方式做了一个了断。他重新踏上冥想之旅,行走在林间小道或是沿湖的小径上——成为一个孤独的漫步者。

再后来,卢梭成为一名流放者,走到哪里都被驱逐出境,人人见到他都嗤之以鼻,尤其是在巴黎和日内瓦。人们在公共广场焚烧他的作品,还威胁要把他毒死。在毛梯埃斯,民众朝他投掷石子。在这样的情况下,卢梭只得东躲西藏,四处流浪,甚至开始对他的保护人起了疑心。很多年后,当仇恨消散,烦恼远去的时候,由于厌倦了人世间的繁杂,卢梭开始了最后的行走,也就是他的黄昏遐想②。他成为一个除了长时间漫步,没有任何

---
① 《忏悔录》第二卷。
② 卢梭晚年的作品为《孤独漫步者的遐想》,该书由十篇"漫步"构成,作于1776年至1778年之间。——译注

其他爱好的孤独老人。每天，卢梭都通过行走来打发时光。确实，当一个人无所事事，并不再相信任何事物的时候，行走不失为一个好的选择，至少比回忆要好。因为行走能让我们找回生命中最单纯的质朴，它不需要希望，也不依靠任何期待。

※※

卢梭在《忏悔录》中回忆道，自己最初的漫长旅行很快乐，每天都充满阳光，并对他未来的人生产生了重要的影响。当时的卢梭身无分文，意气用事般步行完成旅行：从安纳西来到都灵，从索洛图恩到巴黎，再从巴黎到里昂，最后从里昂前往尚贝里。

一七二八年三月的一个晚上，卢梭将满十六岁。那天，他和往常一样溜出去游玩，回来的时候却发现日内瓦城门紧闭。于是他决定这次不再为了返回镂刻工作室而干等到天亮。一来是害怕受到惩罚，二来也是厌倦了那里的生活。但为了维持生计，卢梭来到了距离日内瓦不远的萨瓦尔投靠一个天主教神甫。这位神甫精心照料卢梭，却抱怨他生来就是一个加尔文派的教徒，而决定把他送到安纳西去拜访一位虔诚的女性天主教徒，想让这位女教徒给卢梭带去安慰和保护，并真正把他引上宗教的道路。

于是，年轻的卢梭出发上路，做好了要讨好一位老妪的准备。

卢梭看见了她。华伦夫人当时二十八岁，眼神温存，嘴唇迷人得像天使，雪白的双臂也完美无缺。她的出现马上让卢梭坠入爱河，欲火焚烧。他确定自己遇到了真正的爱情：华伦夫人是一个慷慨、温柔的天使，并且乐于助人，让人倾倒。可是，与她相遇后不久，为了更好地服从华伦夫人，卢梭不得不很快离开她。因为后者把他发配到都灵，希望卢梭能皈依天主教，并在意大利放弃对新教的信仰。卢梭答应了她。随后，在萨博朗先生和夫人的陪同下，卢梭步行出发。由于萨博朗夫人腿脚不便，所以三人行进得很慢。再加上山峰大面积积雪，他们用了二十多天才到达目的地。然而，无论如何，三人毕竟走过阿尔卑斯山脉,登上塞尼山。卢梭甚至有种自己是汉尼拔①的错觉,感觉在年轻的时候,就拥有了一切。

> 我再也不用为自己担忧,因为其他人已经代我操了这份心。于是,我就这样轻盈地行走着,没有任何负担,年轻的欲望、魅人的希望、光明的计划充盈着我的内心。②

一年后,卢梭在都灵用一周的时间皈依了天主教,然后重新回到他的保护人家中,做起了仆人。回程途中,卢梭仍然步行前进,陪伴他的是一个名叫巴克莱的富家子弟,此人生性乐观,无忧无虑。卢梭于一七三一年开始了他的第三次旅行。途中充满了奇幻冒险,也经历了曲折坎坷。他先是来到瑞士的索洛图恩,随后又满心欢

---

① 汉尼拔·巴卡(Hannibal Barca,前247—前183),北非古国迦太基名将、军事家,是欧洲历史上最伟大的四大军事统帅之一。一生翻山越岭,征战无数。——译注
② 《忏悔录》第二卷。

喜地前往巴黎，去拜访一位退休的上校。据传言，这位老上校正在寻找一位事业上的接班人，出任地方长官一职。卢梭用了两周的时间才步行到达巴黎，整个旅途中，他都在幻想自己率领千军万马，成为将军，走向荣耀顶峰的那一日。然而，这位年老的军官实际上是一个彻头彻尾的守财奴，只知道一味地压榨卢梭。在这样的情况下，卢梭不得不再次选择逃离，他一路奔走，从巴黎前往里昂，最终从里昂回到小城尚贝里，回到了"妈妈"的怀抱。这也是卢梭最后一次用双脚完成长途旅行。

后来，卢梭终于离开了华伦夫人，这位有着湛蓝双眸、优雅脖颈、雪白手臂，让他在旅途中魂牵梦萦的美丽女人。卢梭曾无数次幻想在沿途的旅舍中遇见华伦夫人的影子。当人们长时间漫步在修缮完好的道路上时，当行走的目的只是轻松自在地在一条永无止境的道路上前行时，人们常会在途中浮想联翩，编织千百个故事。此时的行走者步调均匀，身体缓慢前进，心灵也处于一种平和的状态。因为当我们一旦摆脱身体的劳苦，思想就能够恣意驰骋，让自己置身于各种想象和情节中。试想，当人们走在一条坦途上，行走没有任何牵绊之时，幸福的双腿定会帮助头脑来推动情节的发展：故事通常会一波三折，然后定格在一个完美的结局上。当然，有时也会出现新的困难和陷阱。事实上，当我们漫步在宽阔而又独一无二的道路上时，心中会涌现出无数个分岔口。人们随心而动，选择了这个分岔口，却又放弃了另一个，然后再走向第三个路口。就这样，我们不断重新出发，然后再次折回。

我年轻的时候，身体很健壮，所以我经常步行独自旅行。那些熟知我脾性的人，常会对我的这个习惯感到惊讶。在旅途中，天马行空的幻想与我做伴。我的想象力也从未发出如此灼热的光芒。以至于当有人在马车中为我提供座位，或是途中有人上前与我攀谈，我会因为自己在独行时建立的楼阁突然坍塌而深感不快。[1]

如果我们和当时的卢梭年龄相仿，一定不会说出"我

---

[1]《忏悔录》第四卷。

曾经爱过"这样的话语。因为"爱"意味着怒放、未知，需要我们用一生去实现的将来。这份对未来的期许会让人们迈开脚步：事实上，我们经常在途中遇到伟大的爱情。卢梭怀着这种想法，穿越了阿尔卑斯山脉。连绵的山峦，峰顶的盛景，更加坚定了他疯狂的野心。在下一个庇护所会发现什么新事物？谁将会在今天的晚餐时出现？其实，无论何时何地，非凡的邂逅都在悄然上演：交心的密友、神秘的女子、可疑的路人、老练的阴谋家。每当我们向村庄、田野、楼房靠近时，一切皆有可能发生。当夜幕降临，人们开始用餐之时，就算女管家没有想象中美丽，客栈老板不讨人喜欢，我们也几乎察觉不到，因为此刻身体被幸福充盈，就像微风在人们的肚皮里凿开了一个个腹部，轻轻吹拂，形成阵阵"涟漪"，催人在几秒内入睡，开始新的梦境。这场最初的行走也因此充满了柔情。在十六岁或者二十岁的时候，我们心怀轻柔的希望，还不用肩负回忆的重担。此时，一切尚有可能，一切都等待着我们去经历。人们可以清晰地感知到欲望正在自己身上成形，并对未知的所有可能感到欣喜。这是拂晓时分的幸福行走,预示着生命的晨光所散发出的绚烂光芒。

我敢说,自己从来没有像在独自步行时那样,尽情思考,存在,生活,做着自己[……]。我以主人的姿态拥有着整个自然界;我漂泊不定的心灵开始安定下来,开始在那些触动灵魂的事物中找到自己,每天都被一幅幅美好的图景所围绕,为一些美好的感情而沉醉。①

卢梭已经年过四十,经历颇丰:他做过威尼斯大使馆秘书、音乐教师、百科全书编辑者等。他有朋友,也有敌人。此时的他已经声名鹊起,名字在坊间广为流传。他施过诡计,写过作品,也做过发明,一直都在追寻荣耀与认可。然而如今,卢梭决定不再与他人来往,不再

---

① 《忏悔录》第四卷。

流连于各类沙龙,也不再追求那些意义不大,却总让他付出代价的荣誉。就这样,卢梭脱下假发和华服,离开住所,放弃唾手可得的职位。他很快穿戴寒酸,靠誊写乐谱为生。不过,一开始,卢梭在某些方面却依然故我,并不想完全倚靠个人能力而生存。当时人们谈论起他时,就像在说一种寄居蟹的新品种。卢梭成了启蒙时代无耻之徒的代名词,但他却没有因此与这个团体完全决裂。恰巧在这一时期,卢梭的音乐才华被当时的国王发现,并得到他的赏识,决定让卢梭的音乐作品为更多的人所熟知。也是在这个时期,卢梭忘情地阅读,并写了《论艺术》一文,引发热烈反响。同样在这一时期,他仍在为自己关于法国音乐的文章辩护。

然而,真正让卢梭心向往之的只有一件事:长时间独处,深入森林,离开巴黎。他曾经写道,文化、文学、知识都会将人性引向堕落,而非美好。当他身边所有同时代的思想家都齐声颂扬理性带来的解放,教育带来的完善,科学带来的进步时,唯有卢梭坚定地认为社会腐坏了人们的心灵。其实,当他将这些观点写入他第一篇论说文章时，是想从中获取荣耀。因为当时的卢梭一心想着被关注，被认可，被喜爱，被崇拜。

经过四十年的历练，卢梭最后已无心流连于社交圈中，去结识那些有头有脸的人物。这些人往往衣着鲜艳时尚，却总是不间断地说着别人的闲话。此时，卢梭只想独自一人漫步在林间小道上，远离世事喧嚣。这样，他就不用每天再为自己的社交表现评分，清点朋友和敌人的数量，讨好他的保护人，掂量自己在那些蠢货和妄自尊大人物心目中的地位，用眼神和言语进行报复。总的来说，就是远离此地，身处别处：比如在树林中深居简出。卢梭希望夜晚是宁静、深沉的，白天却是澄澈、通透的。然而，为了做到真正的远离喧嚣，就不得不让众人厌恶自己。卢梭自然知道应该怎么做。从此，他开始重新安排自己的生活。在他的新生活中没有奔跑、匍匐，只剩下行走。

当时，卢梭已经出版了自己的第二部论著：《论人类不平等的起源和基础》。每天清晨，他都会前往圣日耳曼或布洛涅森林漫步。那是一七五三年十一月的一天，天气异常晴朗，秋日特有的湛蓝天空透出柔和与深邃。秋叶落地，发出沙沙的声响，树林时而笼罩在一片金色中，时而又泛出火红的光芒。此时应该做些什么呢？行走，工作，探寻。卢梭就这样每天孤单、规律、长时间地行走着。他穿着厚重的鞋子行走于这片土地上，迷失在矮木丛中，穿行于参天老树间。卢梭虽然独自一人，却被万物环绕，甚至有种被融入其间的错觉：动物和树木发出的低沉响声，微风吹拂秋叶发出的呼啸声，以及树林中枝丫碰撞时所发出的声响。卢梭虽然独自一人，却幸福满溢。因为他终于可以自由呼吸，并且置身于一种犹如林间小道般的缓慢愉悦。没有强烈的欢愉，有的只是内心的平静。这是一种不温不火的幸福感，却又踏实、坚定，就像平凡的一天：我们为身处此地，脸颊上感受到冬日的阳光，耳畔回响着树林的沙沙声而感到幸福。卢梭行走着，同时聆听着。他聆听着自己内心深处奔涌的声音。此刻，卢梭的内心已不再被世俗情感、物欲横流的社会所影响。这颗心灵最终回归到最本源、最自然的状态。卢梭就这样每天行走着，渐渐萌生了一个疯狂的计划：希望在行走时找回人类最初的形态——那个还没有被文化、教育、艺术所损毁的自然形态，那个存在于书籍、沙龙、社会和工作之前的形态。

行走，不是为了寻回让人志得意满的身份，不是为了发掘乔装改扮后的特点，也不是为了给自己戴上层层面具。长时间的行走是为了在自己身上找回曾经最本真的人类特性。值得注意的是，行走并不意味着让人们向沙漠进发，从此与世隔绝，远离所有痛苦，在孤独中涤除心灵上的罪恶，为自己的神圣命运做好准备。事实上，行走的目的在于重新发现人类在未经雕琢前最原始的形态。当人们长时间行走，并渐行渐远，逐渐趋于一种"未驯化"的状态时，就会在心底向自己不断发问：我身体上到底是哪一部分在进行着抵抗？我是否将"同于禽兽居，族与万物并"[①]？我身上哪些地方是自然的？哪些特性是书中从未提及，只有在独自行走时才能发现它们的

---

① 庄子在描述自然状态时，曾以"同于禽兽居，族与万物并"来概括，意即人与自然万物完全融为一体，作者这里借卢梭而表达的含义与之相近。——译注

存在?人们通过林中漫步,洗净身上的尘埃,来完成一幅人类最初、最原始的肖像。这幅肖像不会出现在任何书籍中,因为书中记录的往往是尔后文明开化、丢弃自然、在社交欲望中自我膨胀的人物形象。有时,我们在长时间独自行走时,除去草木、动物再无其他同伴,唯有在经历过这种孤单、忧愁过后,才能重新在自己身上发现那个最初的自己。

> 在一天剩余的时光里,我仍在森林中漫步,寻觅着自己最初骄傲地徜徉于历史长河时所留下的痕迹,我信手拾起一些人类的谎言,并有勇气揭露它们的本质。我追随着时代的进步,见证了物是人非,不断比较原始人类和现代人群的不同,并向后者指出在他们所谓的完美外衣下,其实承受着无尽的苦难,以及这些苦难的真正根源。[1]

---

[1] 《忏悔录》第三卷。

每天这样艰苦的思考需要在树林中长时间的漫游，而非无休无止的阅读。卢梭就这样终日自省，逐渐感觉到自己体内那个孱弱、颤抖着的影子正在慢慢觉醒。这个影子质朴，原始，无邪。卢梭时常可以在橡树间瞥见这个缓慢出现，却又躲躲闪闪的影子。它并不凶狠，相反还有些迟钝。卢梭感受到这个影子毫无章法，还带着些冲动，以及强烈的本能意识。总的来说这个影子有些胆小懦弱，完全依附在大自然的母亲般的怀抱中。然而，它虽然孤单却很幸福。此刻，通过独自行走，卢梭已经彻底从大千世界虚假、劳人的激情中解脱出来，感受到的是简单的幸福与喜悦。这份幸福和原始人类所获得的幸福别无二致，因为当时人们的生活过得"质朴而平静"。不难想象，这种幸福感比那些矫情的喜悦、愚蠢的满足和空洞的欢愉要强烈得多！

当我们置身于如此繁多的哲理、人道主义教条、规则礼仪、格言警句中时，只会呈现出蛊惑、轻浮的外表。这种情形也会使得世间的荣誉缺乏道义，道理缺乏智慧，欢愉缺乏真正的幸福感。[①]

在行走者眼中，人类历史随着它的发展与抗争已经逐渐展现出令人眩晕的衰弱趋势。事实上，那些看似文明有礼、实则虚伪邪恶、充满欲望的群体才是真正的野蛮之人。另外，充斥着偏见、暴力、不公、贫苦的社会，以及用警力和军队把自己筑成钢铁森林的国家也同样是历史败落的诱因。如今，人类社会到处可见怨气、仇恨、嫉妒与不满。然而，当孤独的漫步者卢梭试图在厚重的文化幕布下找出人类激情的初始真相时，却只发现人们自发的对无知自我的爱（需要指出的是，这种爱完全不同于自私或自尊心，因为后面两种感情是对自我的一种偏好，然而在我看来，爱和偏好几乎是两种截然相反的概念），换句话说，有种本能的力量会驱使人们对自己产生兴趣，保护自己的权益，关注自己的生存状态。于是人们很自然地开始自爱，却永远不可能对自己产生偏好，除非当我们身处社会，不得已而为之。这时，长时间的

---

① 《论人类不平等的起源和基础》。

行走会帮助我们重新学会自爱。

当卢梭独自一人,抛开一切愚昧的激情,任由面具掉落在未知的小径上时,一种纯洁、透明、毫无杂念的悲悯之情会涌上他的心头。长时间的行走能够耗尽嫉妒和怨恨,这和丧事与不幸能让旧时的恩怨显得没有意义、不值一提是一个道理。但这并不意味着我们霎时就拥有爱的能力,就能和曾经的敌人勾肩搭背。因为情感的重塑和固执的愤恨一样,需要投入大量的精力。可在行走时,却是另一番情景:人们不再对他人抱有任何感情,不论是颇具挑衅意味的凶恶,还是滔滔不绝的兄弟情谊。事实上,我们面对他人时常常抱以一种中性的态度。可是,当我们一旦发现有人在哭泣时,态度又马上会发生改变。此刻,出于一种与生俱来的同情心,人们会自然而然地在苦难面前真情涌流,胸怀博大,犹如沐浴在阳光中的花瓣一般。于是,我们便会走向那个哭泣的人,真心实意地想向他提供帮助。

　　我们应该从此放下那些只教会我们观察人类本身

的科普书籍,而去思考人类灵魂最初以及最本质的运作形态。我渐渐发现在理性之前还存在着两条原则,一条原则会让人类对自我的生存状况始终保持强烈的兴趣,并努力维持在一个良好的状态;另一条则会让我们在看到任何敏感事物,尤其是我们的同类在受到折磨,甚至死亡威胁时感到深深的厌恶。[1]

事实上,凶恶、怀疑、仇恨都不会在人类最原始的状态中生根发芽。因为这些特质只有在矫揉造作的人造花园里才会完成"嫁接",将我们紧紧裹住。随后,它们便不断嗡嗡作响,成长发展,最后把我们原本柔软温柔的心包裹得喘不过气来。

相反在林中漫步时,人们在小径上漫无目的地行走着,一切都处在未知中。然而,这种迷茫的状态却能让我们更好地听从自己的内心,甚至能够感知到那个最原始的人类原型正在自己身上跳动。行走完毕后,人们往往可以感觉到与自我的关系变得更为和谐:人们不再盲

---

[1]《论人类不平等的起源和基础》。

目地自我崇拜,而是转为中性的自我喜爱。同样,人与人之间的关系也变得更加融洽:人们不再相互厌恶,而开始真诚地彼此关怀。在慵懒阳光的照射下,林中小道沉浸在静谧之中;柔黄的枯叶在空中打转,然后掉落在地面上;人们置身于广袤的树林中,贪婪地呼吸着自然的芬芳。此刻,文明开化的世界和社会的恐慌、极其假意的高尚、狂热的幸福、暂时的愤怒都隐匿在树木温柔的屏障之后,就像一片宽广的沙漠,仅此而已。

请你们毫无偏见地对文明人和原始人类进行比较,如果可以,也请试着探究:除去凶恶、需求和困苦这些原因外,第一类人是如何开启一扇扇通往痛苦和死亡的大门的。①

转眼,卢梭已年届六十,来到了人生的黄昏阶段。他是当时的时代弃儿,被流放到各地,到处受人唾弃:

---

① 《论人类不平等的起源和基础》。

从日内瓦的共和党人到法国的君主政体拥护者，无一例外。他原本打算到英国去避避风头，却发现在那里也已经树敌无数。卢梭就这样长时间四处游荡，东躲西藏，生活颠沛流离，他甚至因此动过住进监狱，以便从此享受高墙里平静生活的念头。后来突然有一天，卢梭妥协了，决定放下一切。这种妥协，体现在他生命最后时光的行走中：他重新回到巴黎，失去了所有勇气，不再做任何抗争。最终，人们渐渐将他遗忘，开始关心其他事物，仇恨其他人物。

再后来，就什么也没有了。

我想谈一谈卢梭最后时光的那些漫步，这段行走的经历让《孤独漫步者的遐想》的诞生充满节奏感，但好像又不是，因为这段步行时光有时是完全凌驾于书籍之上的。我还想说一说这段很难定义的行走岁月，当时的卢梭在行走时已不做任何准备，行走之于他也不再是为了找寻新的词句、新的抗争手段、新的身份或是新的想法。一七七八年五六两月，卢梭在阿蒙农维拉完成了他最后的"漫步"。此时，行走也不再是一种试探世界的方式或是内心想法的投射。换句话说,行走不再为了创造,而成为一种没有任何动机的行为,有时只是为了配合落下的夕阳,或是用缓慢的步伐来加快分钟、小时、白昼的节奏。这样看来,行走也许可以在我们不自知的情况下为每一天定下适当的节奏。这和当我们耳畔响起音乐时,手指会不自觉地拱成弧形,然后神情漠然地轻击木质圆桌是一个道理。此时的卢梭已经对任何事物都没有了期待,他任由时光穿梭,自己则被白昼和黑夜所侵蚀。在他看来,真正的幸福存在于"规律、适度、没有颠簸、间断的运动中"①。这就是行走的真谛所在:依照时间的步调来陪伴它,就像我们伴随一个孩子成长一样。

有时,人生黄昏阶段的行走能够帮助我们进入意识深处,找回已经淡忘的记忆,当我们再次面对这些记忆时,犹如和老友叙旧般自然。同时,在重拾这些记忆时,也心怀宽容。回忆已经不像在痛苦年代时那样让人们痛彻心扉,悔恨也难以再侵蚀我们的心灵,因为此时人们的

---

① 《孤独漫步者的遐想·第九次漫步》。

内心已经归于平静，充满幸福。然而，就像所有水生物会随波摇摆，不断变换颜色和形状一样，记忆也会不断变化。然而无论如何，到了人生的这一阶段，我们都能对这些模糊、有趣、零散的回忆一笑置之，因为真正经历过才更为重要。事实上，在内心深处我们也常会扪心自问：我是否真的是那个爱幻想的孩子？还是那个沉醉于上流社会的青年？

以前在行走时，卢梭确信只要展开想象的翅膀，自己便是思想的主人，就可以追逐确立好的梦想。可是在他晚年的行走中，却透射出一种柔和的漫不经心。我的意思是：当时的卢梭已经对未来没有任何期待，也不再等待什么。他就这样单纯地"活着"，听从命运的摆布。此刻，卢梭已不想再成为"某人"，而是任由历史洪流或是生命小溪从自己身上穿流而过。

这种超脱的状态会让人们在回忆时给记忆平添一份兄弟情谊：有时，记忆在行走者看来犹如旧时的兄长。随着时光的流逝，到了最后，我们自己也成了年迈的兄长。一直以来我们都很敬重这位兄长，因为他确实真实存在过，也就是说，我们真正经历过这段回忆。由于对记忆这位兄长的喜爱，当我们在行走末期自己成为他的时候，就会产生一份对自己的柔情。我们学会了自我原谅，而非盲目地寻找借口。人们不会再损失什么，只需安心行走。在这一刻，周围所有的一切也都展现出了新的面貌：因为有了宽容，胆怯的鸟群停在树枝静静地观察，娇弱的花朵缩成一团，矮木丛则生得越发枝繁叶茂。当我们对这个世界不再怀有任何期待，当安静地行走显得毫无意义之时，步行者常会毫无保留地自我释放、付出、给予。当我们不再等待什么的时候，所有上天赋予我们的事物都犹如额外的馈赠，让人们对现世充满了感激。事实上，此时的我们已经在这个充斥着劳作、成功、计划、希望的世界死去。然而，我们仍然可以享受阳光、色彩、以旋涡状冉冉升起的蓝色轻烟、树木的摇摆等景象。这些都是大自然给予我们的额外礼物。相反，那些身份、历史、被记录下并被不断重复的关于消费和复仇的传说都已经被我们抛在了身后。故事落下了帷幕。一七七八年春日清晨的那一缕阳光，瓦卢尔湖那波光粼鄹的水面,以及阿蒙农维拉那抹轻柔的绿色,都是额外的馈赠[1]。

通过《孤独漫步者的遐想》,人们可以感受到卢梭在六月最后的行走过程中那份自在与满足:此刻,行走这一行为已经超脱了所有既定事物,成为个体的一种自我消遣。在卢梭生命的最后阶段,命运已完成,关闭,停止,结束。他也开始慢慢合上自己写下的生命之书。从此以后,他不再支持或反对任何事物。也不再是卢梭、让-雅克,或是其他任何人,而只是作为一种游荡于树木、山峦、道路上的存在。此时的漫步是一种在天地间的自由呼吸。迈开的每一步都是一个转瞬即逝的灵感,超然物外。

> 我喜欢自在地行走,能够合乎心意任意停歇。漂泊的生活对于我来说是一种必需。在我看来,能在一个好天气不慌不忙地出发前往一个美丽的国度,并能

---

[1] 卢梭于1778年7月2日在法国阿蒙农维拉与世长辞,享年66岁。——译注

提前为这次旅行制订一个令人愉快的计划,是一种最美好的生活方式。①

---

① 《忏悔录》第四卷。

永恒

人们总希望每天都能上演新鲜事。阅读报纸的意义在于让我们了解那些未知的新闻。事实上,这正是我们不断追寻的主题:新的事物。然而,人们却常常忽略了一点:越是不了解的事物,遗忘得也越快。因为大脑一旦知晓需要腾出空间给那些未知信息,就会疲于记忆。不难发现,报纸本身不留有任何记忆:新闻互相驱逐,重大事件彼此取代,旧闻悄然消失,不留痕迹。有时,谣言四起,随后又突然无人问津。打个形象的比方:从不间断的传言就像一道奔涌的瀑布,水势不均却川流不息。

可是,一旦人们开始行走,新鲜事物就显得不再那么重要。因为长途远足持续的时间很长：少则几日，多则数周。这样一来，行走者很快对世上发生的所有事件、最新的重磅新闻都一概不知。人们不再对事态的发展抱有期待，也失去了解事件来龙去脉的兴趣。因为行走时，这所有的一切都显得无足轻重，我们关注的是那些能够真正持续的事物，而非那些昙花一现、夺人眼球的新闻事件。有时，当我们长时间跋涉了很长距离时，甚至会暗自思忖自己当初为何会对此类事物产生兴趣。与行走时的缓慢呼吸相比，日常的急促喘息更像是一种徒劳无益、充满病态的悸动。

在行走时，我们首先遇到的是存在于碎石、平原、天际的永恒。这些自然景观都具有很强的抵抗能力。在这种凌驾于我们之上的坚实力量面前，那些琐碎的传言、平淡的新闻都变为尘埃，随风飘散。事实上，这些景观构成了一种相对静止的永恒，只在原地驻留。从某种意义上来说，行走就是以谦逊的姿态，不怀任何期待，安静地体验自然力量的真实存在：乱石间生长出的一棵树木，静谧世界的鸟群，顺道而流的小溪。行走让那些谣言、抱怨都戛然而止，也阻断了内心永不终止的阵阵躁动。这响声常会让我们不由自主地评判他人，自我评价，然后重新解读，再次诠释这些判断。另外，行走也可以中断那些模棱两可的心灵独白，在这些独白中，我们往往可以找寻到苦涩怨恨、愚蠢自满、浅薄报复的痕迹。然而，当我面对这座山峰，或是置身于这片树林中时，会不由想道：它们就在那里。这些景物并未刻意等我，却一直静静地存在着。它们曾无限地领先于我，却在我们相遇时，被我留在了身后。

有时，忽然之间，人们不再被繁重的事务所困扰和牵绊。其实，对于很多人来说，是他们自己一手制造，并为自己强加上了这些烦恼：积攒积蓄，时刻观察，不放过任何一个职业发展的机会，觊觎某一高位，做事虎头蛇尾，时常为他人担忧。总之，人们忙这忙那，为各种事务疲于奔命：社交，穿衣打扮，显示文化内涵，恪尽职守等。换句话说，我们总是忙于做某事，那真正的生活呢？世界上总有更好、更紧急、更重要的事情需要处理，所以人们就以此为借口把真正生活的计划一推再推。我们会说：明天不会再这样。可是，当第二天到来时，却已经被第三天的任务填充得满满当当。这一过程就像一条深不可测的隧道，永远看不到尽头。人们居然把这种状态叫作"在生活"。可悲的是，即使人们在放松之时，也未必能放下各种古怪的观念，这就是为什么我们常可以看到过度的运动、过分的放松、奢华的晚宴、浮夸的夜晚、奢侈的假期。最终，这样的生活方式只会通向两种结局：忧愁地度过余生，或是干脆一死了之。

在行走时，人们除了行走，什么也不干。这种简单的状态让我们能够重新找回生命中的单纯情感，重新发现生活中的简单快乐，就像再次回到童年一样。所以，行走能让我们减轻内心的负重，丢弃疲于奔命的执念，与童真的永恒再次相遇。我的意思是：行走其实是一种孩童的游戏，让我们重新为天气的晴朗、阳光的明媚、树木的繁茂、天空的湛蓝而惊叹不已。这是一种不需要任何经历和能力的处世态度。这也是为何人们在面对那些走得过久过多的行走者时会心怀疑虑，因为他们已经看尽了所有风景，不再惊叹，只会比较。永恒的孩子很容易会赞叹事物的美好,因为他们从不比较。当我们出发,准备远行数日或几周时,离开的不仅是我们的工作、邻居、事务、习惯、轨迹,同时还有我们复杂的身份、面貌和面具。事实上在行走时,我们抛开的这一切都失去了意义,因为此刻只需要身体的力量。其余的一切,包括学识、阅读过的书籍、社会关系都在行走时没有用武之地。行走者只需有两条腿和一双看世界的眼睛便足以步行,独自出发,翻山越岭,穿越树林。对于山丘、茂盛的矮木丛来说我们谁也不是,不再饰演任何角色,拥有任何身份,甚至连一个普通个体都称不上,它只是一具躯体,一具可以感知小路上的碎石、野草的轻抚,以及清新微风的躯体。当我们在行走之时,世界变得不再有当下和未来,只剩下白昼和黑夜的轮回。每天都重复做着一件事:行走。沿途中我们会遇到许多风景,比如七月的夜晚在月光映照下的岩石散发出的蓝色光晕,正午的橄榄树叶呈现出独特的银绿色,或是清晨的紫色山丘。凡是对这些景物都赞不绝口的行走者一定没有过去、计划和任何经历。因为,在他身上栖居着一个永恒的孩子。这样一来,他在行走时其实只是一道目光,仅此而已。

  一个人在树林中与他的青葱岁月告别,就像一条蛇褪去它的旧皮囊一样,无论他处于生命中的哪个阶段,都将永远是个孩子。因为在树林中,藏匿着永恒的青春[……]。在这一刻,我可以清楚地感觉到任何事情都不会发生在我的身上,不论是厄运还是不幸。就算是万能的自然也无法改变什么,我只用双眼感受事物。当我站在贫瘠的土地上,置身于一片欢愉的气氛中,慢慢地升向一处未知的空间时,心中所有自私、狭隘的想法也随之烟消云散。我成了一个透明的存在:什么都不是,却能看到一切。①

自然就是以这样一次次强烈的震颤,把我们从人类的噩梦中唤醒。

  最后一种是融洽的永恒。当我们在行走时,应该确切地描绘出当下的风景,因为一切都如此和谐,几乎无

---

① 拉尔夫·沃尔多·爱默生,《论自然》。

法以其他形式呈现。有时,我们会乘车欣赏沿途的风景:凝望山峰优美的弧线,沉醉于沙漠的壮美,驱车穿越繁茂的树林。途中,我们也会不时地要求下车走走,拍几张照片。其他人会为我们指点,向我们阐述树木的学名、植物的形态、起伏的地势。不可否认,相比徒步旅行,我们在驱车旅行时见到的阳光还是同样的灼热,遇见的色彩也依旧明艳,仰见的天空还是一样的宽广。

然而不同的是,行走是一个融入的过程。当我们无休无止地行走,长时间面朝山峰,自由呼吸,凝望山丘形状,并沿着山坡顺势而下时,会感觉到皮肤中的每个毛孔就浸润着高山的气息,身体也仿佛成为脚下土壤的一部分。就这样,我们不再单纯地置身于景色之中,而逐渐成为景色本身。但这并不说明行走者就会因此自我解体,然后消失不见,转变成一条多余的线条。事实上,这种融入自然的改变来源于自身,是一种灵感的突然觉醒,犹如时间的瞬间凝固,又像意外而至的火焰,点燃了时间。这里,永恒的情感体现在对此刻霎时的震颤中,犹如闪烁的火光。

对野性的征服

(梭罗)

一八一七年七月,戴维·亨利·梭罗出生在波士顿城郊一个名叫康科德的小城。他的父亲是一名铅笔制造商,梭罗在家中排行第三。他在哈佛大学接受了良好的教育,毕业以后来到一所公立学校教书,可却在两周以后,启程离开。事实上,梭罗拒绝对学生实施体罚教育,也只有在长时间漫步时才会构思课程内容。他回到了家族铅笔加工厂,并于一八三七年更换了名字的顺序,从此更名为亨利·戴维。之后,梭罗开始为一家报纸撰写文章,直至去世。一八三八年,他与兄长一起创立了一所私立学校，然而却以失败告终。很快，梭罗以管家的身份为爱默生工作，同时协助他编辑评论季刊《日暑》，自己也在该杂志上陆续发表诗歌和散文，并与城中信奉超验主义的文人开始来往。为了成为爱默生侄子的家庭教师，梭罗曾离开康科德城，前往纽约州的斯塔顿岛，不过他也只在那里逗留了一年。一八四五年三月，梭罗开始徒手为自己在瓦尔登湖边建造一座简易小屋。这块湖边的土地其实是爱默生的产业。梭罗把这座小屋的建立视为一种哲学的行为。他在那里独自生活了两年，每天置身于树木之中，过着自耕自食的生活：耕地，散步，阅读，写作。一八四六年七月，梭罗在小屋中被逮捕，并很快被投入了监狱，因为他通过拒绝支付税款来表达对政府的不满。当时的美国正与墨西哥交战，当局也允许奴隶制的实行。这段被捕的经历激发了梭罗的灵感，促使他写出了其政论代表作：《论公民的不服从义务》。事实上，梭罗只在监狱里待了一晚上，就被一个匿名的好心人解救了出来。他于一八四七年七月离开了瓦尔登湖，再次来到爱默生家里居住了一年。随后，回到自己的家乡，成为一名土地勘测员。在此期间,梭罗在魁北克、新罕布什尔州等地进行了几次短期旅行,并在那里遇上了一些印第安部落。从此,梭罗一生都在为废奴运动而战斗。他在四十四岁的时候死于结核病,虽然英年早逝,却为后人留下了大量令人叹服的作品。其中,最为世人所熟知的当属那本有着特殊魔力的《瓦尔登湖》,书中描绘了作者在树林中体验简朴生活的两年经历。梭罗曾经也以"行走"为主题写过一部哲学随笔,书名即为:《散步》。

在梭罗生活的那个时代,恰巧是大众生产、资本主义和工业开发悄然兴起的年代。每个人都试图获得更多的收益,大自然在人们心目中也变成了一口汲取利益的深井。面对如此没有节制的致富愿望以及对生产物资的盲目开发,梭罗提出了一种新型的经济理念。

这种新型理念其实非常通俗易懂:即不再考虑某项生产活动带给我们的收益,而是转而关注这项活动所消耗的内容。

无论是从短期还是长远来看,一件事情的收益总和它的消耗成正比。①

其实,这种理念也可以帮助我们分辨利益和收获的区别。比如,从一次林间漫步中我们能得到什么利益呢?答案是没有。很显然,林中漫步无法生产出可以转卖的商品,也无法建立可以给我带来收益的社会服务。这样看来,行走是一项徒劳无益、毫无价值的活动。从传统经济学的角度来看,行走就是浪费光阴,甚至是一段死去的时光。因为它完全无法进行生产,创造财富。然而,对于我们的内心和生活来说,行走所带来的收获却是巨大的:因为这是一段能与自己保持垂直状态的时光,在此期间,我们不会受到日常琐事的侵扰,不会被烦恼折磨得晕头转向,也不会被那些无休无止的谗言所束缚。事实上,我们每天都在完成"自我的资本化"。在行走的过程中,我们时而屏息聆听,时而又陷入沉思:大自然从不算计,把它所有的色彩都献给了我一个人。对于我们来说,这何尝不是一种接收:行走者无时无刻不在接

---

① 《瓦尔登湖》。

收着现时的美好。这份收获也和之前谈到的利益缺失形成了某种平衡。总的来说,行走之于我是一种收获大于利益的活动,因为从中我得到了大量非金钱可以衡量的益处。

利益和收获的另一大区别在于:能获得利益的活动,往往可以由他人替我完成,最后由他获得财富。看上去这似乎是一项非我莫属的工作,但大量事实证明,凡是涉及利益的工作,通常都可以委派给他人完成。这就是竞争的最初来源。相反,带来收获的活动常取决于我们的姿态、行为以及生命中的重要时刻,这一切都无法复制和转移。梭罗曾在信件中写道,若想知道是否应该去做某件事,就请先扪心自问:"是否有其他人可以代替我来完成这项工作?"如果答案是肯定的,请放弃这项工作,除非是无法推卸的责任,但也不必就此把它当成生活的必需。应该尽可能地去享受生活,做到让自己无可代替。总之,我的工作可以转交给别人来完成,但行走却不行。这就是最大的区别所在。

如果我不是我,谁又将占据我的位置呢?①

回到我们关于计算的探讨。在梭罗的作品中,真正触动人心的不是他的论证内容。因为早在远古时期,智者们就表达过他们对于人类为了追寻外在财富而忽略心灵内涵这种趋向的蔑视,他们也曾一再说明一个人的财富来源于知足常乐的心态。与之相比,在梭罗的理论中,让人留下深刻印象的是他并没有一味地要求人们放弃经济上对数量的计算,去关注纯粹的生活质量。他总说:"计算吧,让我们不要停止计算。"我到底赢得或是失去了什么?当我在努力获取更多财富时,又丢失了哪些生活的乐趣?对于那些富有的人来说,为了飞黄腾达,他们必须付出以下代价:劳作,担忧,熬夜,永不放弃。梭罗曾经举过一个例子:毋庸置疑,所有的人都需要一片屋顶、一处安生之所、一张床和几把椅子。然而,选择具体什么样的住所、用品就很有讲究。如果您希望得到的是一幢宽敞的豪宅,甚至门把上都镶上了精美的珍珠,那就

---

① 《日记》。

需要您一刻不停地辛勤劳作，也许很久都无法感受美好的天气，欣赏天空的颜色。这样一来，确实能够得到很多收益，可这样的生活却对任何人都没有好处。事实上，屋顶的意义在于能够为我们挡风遮雨，驱赶寒冷；椅子的话，其实只需要三把就足够了：一把给自己坐，第二把留给朋友，第三把则可用于普通社交；另外，人们只需一张床、一条温暖的被褥就足以安然入睡。这整套装备所需的人力财力甚少，少量的体力劳动，比如种植豌豆，然后拿到市场上去换些新米，就可以应付。然而，这种质朴的生活却带来无尽的收获：我们从此拥有大量的闲暇时光，可以长时间行走（每天三到四小时），让身心得到放松。同时，也能够毫无顾忌地欣赏大自然赋予我们的免费表演：可爱的动物、树林中的光照游戏、池塘里那一抹深沉的蓝色。此刻，我们建立了自己的计算体系，颠覆了以往一周努力工作，履行宗教职责时的节奏。其实，为了获得质朴生活的必需品，我们只需每周工作一天就够了。其余的工作时间都是为了赢得那些无用、浅薄、奢华的物质享受，这种对物质的无尽欲望终将吞噬生命的本质。就梭罗而言,他曾对自己住宅内的所有陈设做过一次精确计算,得出的结果是:所有花费相加刚刚超过了二十八美元。

有时,工作中产生的财富与苦难总量持平。这里,苦难不再是财富的反义词,而成为它不折不扣的互补因素。因为,富翁常有一个通病:就算他们酒足饭饱,也会忍不住觊觎邻座的盘子,生怕他们的菜盘比自己的更满。在这点上,富翁和那些困苦的人别无二致。因为后者总会在每次盛筵过后争夺盘中剩下的碎屑。两者唯一的不同在于富人成功地在夺取财富的比赛中胜出,而穷人则在这场争夺中败北。梭罗这里提到的贫穷并不是一个与财富和苦难相反的概念。之前说到的富翁是指那些欲望无限膨胀的人群,而身处苦难的人则是那些一生疲于奔命却最终一无所获的人。梭罗提到的贫穷是与整个世界的运作系统都背道而驰的概念,它是一种对于质朴生活的选择,与投机、保留赌注、精打细算、无度挥霍都无任何关联。

这里谈到的质朴生活并不等同于苦行生活。确切地说,苦行生活意味着对"过度概念"的抗争:过多的食物、金钱、资产、欢愉。同时,苦行生活也揭露了从欢愉到堕落的真实过程。所以,对于苦行僧来说生活就意味着隐忍克制,减少数量,对一切说不。在这些苦行僧的世界中,到处充斥着严肃以及对欢愉的蔑视和恐慌。总的来说,苦行生活就是对享受说不,就是由于害怕无法自制而禁止自己过多地去感受身边的事物。而质朴生活则是对朴实无华的不懈追求,以及在简单事物中找寻真正的快乐,其实清水、蔬果、微风对于质朴生活的信奉者来说足够发现生命的乐趣。梭罗就曾说过:"我常为呼吸到的空气而沉醉!"

人们常说:要想获取金钱和资产就需要付出努力。为了工作,那些富人放弃所有快乐,每天都身处在水深火热之中。他们一边继续努力,忙于算计,一边却不得不承认其实行走才是到达目的地的最快方式。表面上看来,富裕的人拥有四轮马车、豪华座驾,可以畅快地旅行。然而,为了获得这些出行工具,他们付出了多少个工作的日夜。车辆穿越一段旅程也许只需要一天,而为了拥有这辆座驾往往需要付出数月的辛勤劳动。所以,请您还是选择行走吧!这样,您不但可以前行得更快,还可以在途中欣赏天空的深邃和草木的明艳。

梭罗曾写道:"我把我看到的事物都占为己有。"这句话可以理解为:我们把在行走时感受到的多彩情绪和充满阳光的回忆都"转化成资本",供我们在寒冷的冬日取暖。因为,一个人的真正财富和资产是他接收的情感和留存心间的回忆总和。

> 我总是不断审视自己的观点。不论外部世界如何风云变幻,它们都是我永久的资产,是我为艰难时光积存的能量。[①]

事实上,摆脱财富比获得财富更为困难。由于受到资产的牵绊,一个富人的内心会逐渐形成包囊,然后结出痂盖,最后变得冷酷无情。同样,一个身处苦难的人因为无法获得财富,会在欲望和愤怒的驱使下,变得越

---

① 《日记》。

发自私狭隘。对于富人来说,让他们放弃舒适的生活是一件难以想象的事:他们无法拿一张绵软的沙发去换一把木质靠椅,无法在寒冷中入眠,也无法步行完成五百米的旅程。至于那些穷困的人,他们毕生坚信财富的存在,并会花费一生的时间来充当欲望的囚徒。

毫无疑问,财富对大多数人来说确实代价过于沉重。

梭罗毋庸置疑是一个伟大的行走者:他每天平均散步三至四小时。然而,他却不是一个称职的旅行家。虽然梭罗在缅因森林、魁北克和新罕布什尔州都进行过长途远足,但真正让他时常提起,滋养人生的行走,却是每天从住所出发,双手插在裤兜,在康科德城附近完成的长时间漫步。难道梭罗是一个裹足不前的行走者?事实上,他只是避免了探寻异国情调时的巨大风险。古往今来,人们见过太多远渡重洋的旅行者为大家讲述发生在"那边"的奇闻轶事:奇妙的相遇、史诗般的探险经历、美轮美奂的景色以及稀罕新奇的食物。总之,在各类游记、历险、极致的冒险中随处可见一些"夸耀性质"的描写。然而,没有任何一部游记能像《瓦尔登湖》一样为我们所叹服。人们可以从这本书中感受到一种蜕变中的激进,这份力量让冒险家们描绘的史诗传说都顿时黯淡无光。这恰巧印证了一条古老,却仍有必要不断重复的至理名言:行走的质量无须通过距离来考量。因为行走的真正意义并不体现在相异性中。换句话说,行走的意义并非通过其他世界、面孔、文化、文明来呈现,而是通过个体身处文明社会的边缘来体现,无论这是一种怎样的文明。行走就是退居一旁,置身于劳动人民、高速快道、利益和苦难制造者、开发商、耕作者,以及那些严肃认真的群体边缘。因为他们除了迎接冬日的残阳余晖,感受春天微风的清爽之外,总有更重要的事情需要完成。

行走不仅是一种关乎真相的行为,更是一项充满真实性的运动。事实上,行走是一种对真实的体验。这里说到的真实并不单指身体状况或某个特定的对象,而是同时指一些具有持久性的事实,比如:坚实且具有抵抗力的地面。更确切地说,行走意味着每迈出一步,都能够证明土地的坚固。因为,每当迈开脚步之时,我的整个身体都能在找到依托后,再次跳跃,重新出发。

到处都有可靠的资源。①

尤其在向上攀登的时候,我们应给予双脚足够的信心,让它们能够在难以觉察的瞬间感受到地面的依托,体会到土地的坚实。等双脚对大地有了足够信任以后,人们便会把身体的所有负重都集中到一只脚上,随后再把重量转移到另一只还摇摆在空中的脚上。当然,有时双腿也会颤抖,这种情况时常发生在覆盖积雪的道路上,此时双脚深陷雪地,双腿的温度也降到了冰点。还有一种情况是在过于潮湿、布满碎石和细沙的小道上,人们为了防止摇晃,保持平衡而不得不把身体的重心不断向上提升。此刻,我们要做的不是行走,而是舞蹈。柔软的地面不但让双脚感到恼火,还会使其深感忧虑。相反,如果脚下的土地过于坚硬,就会像一面中空的锣鼓,在空中发出绵软的回响。同时,这种土地也会把脚步的撞击带回我们整个躯体,将其耗尽,榨干。最后,被均匀

---

① 《瓦尔登湖》。

涂抹上柏油的马路也会让人心生厌倦,因为他们认为现实并不一定总是如此千篇一律。

有些人选择在写作和阅读上花费同样的时间。根据爱默生的回忆,梭罗有一个原则:平均分配写作和行走的时间,使两者所花去的时间保持一致。他认为这样可以避开文化和书海的陷阱。在梭罗看来,当下的作品留有太多他人著作的痕迹。事实上,真正的写作应该来自一次无声却生机勃勃的经历,作品就是对这场经历的最好见证,而非对其他著作的单纯评论,或是他人文本的单一注解。总的来说,作品是一位见证者。打个比方:我们把这里提到的"见证者"放入一场接力赛的语境中,运动员把手中的"见证者"传给下一位选手,这位选手接过以后便开始奔跑。其实,作品也以同样的方式存在:来自一段经历,又被下一段经历所传承。书籍的用途并不在于教会我们生活(那些说教者看到这里可能会大失所望),而在于给予我们生活,或是换一种方式生活的欲望。换句话说,书籍的原则体现于在人类身上找到生活的可能。真正的生活并不存在于两书之间,它隐藏于日常单调、必要的姿态之中,更无法在阅读中找寻它的踪迹。因为,书籍是一种会让我们对不同人生产生期待的物品。它的职责并不只是单纯地带领人们逃离寡然无味的日常生活。这里提到的"日常生活"指的是那些不断重复、一成不变的时光。书籍的真正使命在于如何把一段生命历程传承给另外一个人。

如果一个人从未起身真正地生活过,那么坐下来写作对他来说将是一件徒劳无益的事。[①]

另外,我们应该追寻真实的写作风格和内容,甚至可以把写作当成是坚定步伐的一种延续,因为这些脚步往往经过锤打,并且留下烙印。这样一来,人们在思想深处追求的将是一切实在、真实的物体。我的意思是:人们在写作时应当深入浅出地描绘自己的亲身经历,把经历当成是写作唯一的坚实基础。

---

① 《日记》。

如今，观点、偏见、传统、幻想、外表的岩浆覆盖了我们整个星球：从巴黎到伦敦，从纽约到波士顿再到康科德城，途中与教会、国家、诗歌、哲学、宗教相遇，最终在一片坚实的土地上落脚，置身于刚劲挺拔的岩石之中，这里才是我们可以称之为"真实"的地方。在这一刻，我们终于可以说一句：就是这里，错不了。[①]

其实，行走的真实性不仅体现在坚实的土地上，更是个体稳固存在的佐证。梭罗也曾不止一次地强调如下观点：行走也是一项关乎个体真实性的行为。因为在行走时，人们已不再单纯地置身于自然中，而是成为自然的一部分，所以行走者也无须和自然进行"相通"和"融合"的仪式。我在这里使用了"相通"和"融合"这样的表述，而未借用一些更具神秘色彩的经历，比如：思想在一个整体空间内一边进行着自我完善，一边又逐渐消散在空中。我这样措辞的目的在于，行走是一种能带给人们参

---

① 《瓦尔登湖》。

与其中感受的运动:我感觉自己就是蔬果、矿物、动物,认为自己也由木头制成,就与途中触摸到树皮的参天大树一样,觉得自己和那些轻触过的草木都由同一种结构组成,甚至感觉自己沉重的呼吸也和突然出现在我面前的野兔急促的呼吸一般,别无二致。

这份行走的真实通过坚实的地面和自我存在可以持续一整日。个体的稳固存在被周围厚实的介质所包裹,使这种真实性不断重复,最后在充盈的自信中终结。人们常说:行走是为了"放空大脑"。然而事实却恰巧相反,因为行走可以填充自己和他人的思想。这里提到的思想,并不是指充斥想法、教条、句子、引用、理论的头脑,而是指一种对现世充满意识的思维。这种在行走中对现世的意识通过冲击成规而整日寄存在人们的灵魂中。当夜幕降临时,人们几乎无须再思考,只需闭上双眼,自由呼吸,感受景色在自己身上飘摇、重组。此刻,天空的颜色、树叶的光泽、连绵的山峦相互交错,连成一气。这里说到的"自信"并不指代坚实的理想,而是一种无声的确定。这就是为什么每天行走的人到了晚上都会变得更加坚定。

事实上，充满活力的清晨是这份自信的源泉。梭罗在每一部著作中都提到了自己对清晨的信任，更确切地说，是清晨让我们更加相信生命的美好。梭罗认为，如果想要行走，那就应该在拂晓之际出发，陪伴初升的太阳一起开始新的一天。在这混沌不清、泛着蓝光的时刻，人们感觉整个世界都获得了新生。在清晨行走，能让人们意识到意念的脆弱。我的意思是：步步追随初升的太阳不是一次突然的抽离，或是急剧的改变，更不是一个决定。因为，一天的意义只有在缓慢中才能得到展现。很快，太阳将会慢慢升起，一切也随即拉开帷幕。此时，生硬、肃穆、复杂的意念会显得更为脆弱。新的一天从不会源于一个念头的产生，而是在一种安然的确定中冉冉升起。换句话说，清晨行走可以让我们理解事物自然开始的力量。

  一个人的健康状况应该通过他对清晨的热爱程度来衡量。[①]

---

① 《瓦尔登湖》。

梭罗对清晨的热爱同样体现在他对春天的赞美中。每年四月,他都会对融化的瓦尔登湖进行细致的描绘:这一时节,在一股全新能量的推动下,冰封的湖面渐渐开裂,随着时间的推移,裂缝越来越大,逐渐在湖面上形成条条新的道路。然而,真正让梭罗赞叹的是他总能在清晨和春日中发现一种永恒的复兴。

*新的一年总是通过崭新的希望拉开序幕。*①

要想为真正的希望"保鲜",就应该做到不屈从于任何外部条件、核实、考验,就应该认识到希望更多地存在于形式而非内容之中。因为,从根本上来讲,希望是一种无关认知,只与相信有关的思想活动。相信、希望、梦想,这些都是凌驾于一切学识、教训、过往的内心活动。事实上,自然本就没有历史,它对事物的记忆也从来不会超过一年。上文梭罗提到的春天经历,其实指的是个

---

① 《瓦尔登湖》。

体在一股自然的野性力量助推下,徜徉在由纯粹判断汇成的洪流中的经历。此刻,人们的脑中除了生存的欲望之外,别无他物。这其实也是一场纯真的冒险:所有的一切都重新开始,人们在阳光下带着昨晚的重担,更确切地说是过往的重担再次出发。

　　一个春天的清晨可以洗清人类所有的罪孽。①

　　当行走在春光下或是晨曦中时,行走者其实是处在一种戒备状态,紧绷的思想完全朝向正在开始的这一天,除此之外,再无其他想法。和自然一样,行走者也与历史无关。对于一场旅行来说,历史显得过于沉重,不便带着上路。所以,当我们清晨出发时,心中不带有任何回忆,只带有行走的喜悦,并对前路充满信心:白天的日光定能穿透夜晚的密林。

---

① 《瓦尔登湖》。

太阳从来只是清晨的一颗恒星。①

透过清晨的阳光,我们依稀可以寻到西方的影子。在梭罗看来,太阳是从西方升起的,而通常我们认为的"太阳从东方升起"这一说只是记忆的产物。"东方"之于梭罗是文化、书籍、历史,也代表着曾经的失败。人们无法从过往学到任何东西,不难发现,这样的学习方式无异于在不断重复老旧的错误。这就是为什么我们不应该盲目相信那些上了年纪的老人。事实上,他们那些所谓的"经验之谈"无非是错误经验的笨重总和。我需要相信的应该是信任本身,应该是我们自己的青春。只有在"西方"才能够找到未来的希望。

> 当我们需要研读艺术和文学,通过理解历史来追寻先人的足迹时,常会选择转向东方;当我们心怀冒险和创新理想时,又会朝向西方,即朝向未来。②

---

① 《瓦尔登湖》。
② 《散步》。

西方是一片矿藏，是对未来的准备，也是存在的资源。它意味着崭新和未完成。然而，西方同样也代表了一种野性的力量。毋庸置疑，野性意味着未开垦的自然、处女地、不近人情的原始力量，以及非学术化的特性。梭罗常说，很少有诗人知道应该如何描绘山的"西面"。同时，野性还意味着我们身上尚未被驯服的、叛逆的一面。这一切都说明我们仍怀有一些纯粹的想法，仍没有放弃真正生活的理想。爱默生曾把梭罗描写成"最像美国人的美国人"。在做这段描写的时候，爱默生一定联想到梭罗对这种原始的野性有一种天生的迷恋，并把这份野性的力量转化为未来的动力源泉。梭罗说，未来属于西方。只有当未来重新面对，并且投入到一种野性的状态时，才会开启明天，以一种开放的姿态，使一切皆有可能。美国式的乌托邦理想和欧洲对野性的幻想之间的区别可能也就在此处。对于欧洲人来说，野性是人类最初的一种价值：它就像远古时期的一个断层，永远开裂，意味着人类混沌的初始阶段和原始祖先的足迹。有时，我们确实也想追溯先人的足迹,回到当时的年代。然而,在欧洲人看来,这种野性已经彻彻底底成为过去式。相反,对于身为美国人的梭罗来说,野性位于西方,就在他的面前,预示着未来的各种可能。梭罗认为,这种野性绝不是我们记忆的黑夜,而是世界人道主义的清晨。

> 我这里说到的西方应该把它理解为野性的近义词。我的意思是:只有在野性的生活中才能找到保卫世界的方式。①

这就是为什么行走与信息以及那些被人们带着嘲讽语气叫作"新闻"的内容毫无关联。不难发现,所谓"新闻"指的是那些一经提及就已经过时的信息。梭罗曾说过,当人们一旦卷入信息的锁链,就会不由自主地依照它的步调行事,总想了解下一条新的讯息。然而,真正的挑战不在于知晓所有变换的事物,而在于接近那些永保新鲜的人和事。总的来说,我们应当把清晨读报的习

---

① 《散步》。

惯改换成一次漫步。因为，新闻是一个彼此取代、相互混淆、不断重复、自我遗忘的过程。但是，只要我们开始行走，所有的噪音和流言都随之消失。还有什么新鲜事吗？没有。永恒的力量已经使万物恢复平静，重新开始运作。

事实上，梭罗选择了一种"拒绝"的人生。爱默生回忆道："说不"是梭罗的人生常态，对于他来说，拒绝总是比接受更为容易。同时，在梭罗的一生中充满了各种极端的选择：只为生活的最低需要而工作，每天都长时间行走，无视社交准则。这样一来，他很快被那些思想传统、疲于奔命、具有占有欲的人视为异类。另外，梭罗终其一生都在追寻事实和真理。他认为，追求真理意味着超越事物表面，有勇气把日常的陋习和迂腐的传统看成是一种虚伪的交易和谎言。

> 与其赋予我爱情、金钱、荣耀，不如赋予我真理。①

---

① 《瓦尔登湖》。

真正的生活从来都是不断变化,甚至是一种"别处"的生活。至于真理,它总是与日常生活决裂,然后来到"西方"。如果人们想要重新创造生活,就需要冲破那些冰封在我们身上的陈词滥调和静止的观点,再次找到那股喷涌而出、自由释放、一泻千里的野性力量。事实上,我们是自己的囚徒。人们常说,公众观点是残暴的。然而梭罗认为,个人观点远比公众观点更为严酷,我们时常禁锢在自己的判断中无法自拔。在梭罗看来,一个好的行走者永远会把西方作为自己的前行方向。在这里,行走的意义不再是重新找到自我,而是赋予自己重新创造的可能。

> 敢于体验一段真正的生活,就是敢于开启一段伟大的旅程。①

据说在梭罗弥留之际,一个牧师来到他的床头,为

---

① 《书信》。

他带来宗教的慰藉,向他叙述来世和天堂的传说。梭罗一边听,一边虚弱地微笑着,回答道:"请每次和我讲述一个传说就可以了。"

能量

在《冬日漫步》中,梭罗曾对在寒冷季节中漫步的行走者做过细致的描绘。他写道:当人们在一个冰天雪地的早晨出发之时,道路被积雪覆盖,树木伸展出枯黄的枝叶,置身于一片雪白之中。人们在这片广袤的冰雪世界中前行,为了让身体保持温暖,人们通过快步前进来感受身体的热量。在寒冷中行走的一大快乐就在于此:在天寒地冻中感受胸中燃起的零星火苗。

在自然界中存在着一种永远不会熄灭的隐秘火苗,这就是为什么没有一种寒冷能够彻底将我们击垮[……]。这种隐秘的火苗把人类的胸膛当作圣坛。事实上,在最寒冷的日子和最没有遮拦的山峰上,步行者通过外套的褶皱获得的热量,比自家生的火炉还要温暖。因为,一个健康的成年人可以平衡四季的能量,在冬天的时候,释放夏天的温度,达到温暖人心的效果。此刻,哪里都是南部。①

人们在行走时感受到的第一份能量来自我们移动的身体。这份能量不是力量的一次喷射,而是一种具有持久性和灵敏度的绽放。

众所周知,梭罗一直十分欣赏北美印第安人的智慧。关于能量,印第安人有着自己独到的见解。他们认为,土地是能量的一种神圣来源。当人们平躺在地面上,可以安然休憩;当我们席地而坐,可以在交换意见时产生更多的智慧碰撞;当行走者与土地直接接触时,又会变得更加坚强、刚毅。土地是一口深井,里面藏匿着取之不尽的各种能量。因为它不仅是万物的母亲、土地养分

---

① 《冬日漫步》。

的供给者,同时也埋藏了所有祖辈的遗骸。总的来说,土地是承上启下的最好媒介。为了向天上的诸神祈求恩典,北美印第安人更愿意选择以赤脚行走在地面的方式来表达他们的愿望,而非单纯地将双手伸向天空。

[拉科塔人①]热爱土地以及与土地相关的所有事物。这种对土壤的依恋随着年岁的增长而不断增长:那些上了年纪的老人都对土地怀有一种几乎狂热的情感。只要他们席地而坐,或是在泥土上小憩,就会感觉自己在向一种母性的力量不断靠拢。土地在脚下显得很柔软,人们喜欢脱去鞋子在神圣的土壤上赤脚前行。随后,拉科塔人会在土地上撑起圆锥形帐篷,搭好圣坛。有时,在天空翱翔的鸟群会回到地面,做片刻的停留。土地就是这样:总是毫无保留地接纳所有已经存在或是正在生长的事物,也总在安抚、灌溉、清洗、拯救着万物。这就是为什么北美印第安人总是与地面保持直

---

① 拉科塔(Lakota)是美国西部一个美洲原住民民族,居住在今日的南、北达科他州。他们现时正争取独立。——译注

接接触而非远离生命的能量。席地而坐或是在泥土上伸展身体能够帮助人们的思想变得更加深刻，生活变得更有朝气；在面对生命中的不解之谜时，人们也将保有更清醒的认识，感觉自己与世间所有富有生命的能量也因此变得更为贴近。①

在行走时，我们全身心地倚靠地面，每走一步都能感受到土地稳固的特性。这正是能量源源不断的灵感所在。然而，能量并不是以沿着双腿延伸开去的方式传递的，而是通过一种循环的并存进行传递，毋庸置疑，行走是一种运动：在行走时，我们心脏的姿态更加舒展，跳动得更加有力，血液循环也比在休息时流动得更为迅速。在这一刻，土地的洪流与身体的运动遥相呼应。两者彼此牵连，互相应答。

事实上，除去心灵和土地这两股能量的源泉之外，还存在着最后一种能量：来自风景的能量。风景的功能在

---

① 苏族部落酋长立熊（Chef Luther Standing Bear），《神圣土地上裸露的双脚》。

于召唤和安置行走者,它总让行走者有种宾至如归的感觉。在步行时,我们被各种颜色、草木、山岭和风景所簇拥:山间崎岖的小路,秋日中像紫色和金色相间的围巾一样美丽的葡萄园,在灿烂阳光映照下泛出银色光芒的橄榄树叶,壮美雄伟的冰川,这所有的一切便于"携带",并滋养着我们奔向远方。

朝圣

行走不是一次漫无目的的散步或是一场孤独的流浪。相反，它在历史中通过开篇、进展和终结的形式系统地呈现。其中，朝圣就是这场浩大文化浪潮中的一员。

拉丁文"peregrinus"的第一层含义是外来者和被流放的人。事实上，朝圣者最本源的意思不是指那些出发前往某地的人（罗马、耶路撒冷等），而是指那些在行走时身处他乡的人。或者干脆指代一群想要在周边呼吸新鲜空气，通过散步来消食的行走者；也可能指的是一位产业业主，周日在自己的领地上遛弯。然而无论如何，作为一位外来者，一个真正的朝圣者永远不会在家乡行走。正如牧师一直教导我们的一样：世界只是一个中转站，人们应当把自己的房屋视为夜晚的庇护所，把财物当成可以卸载的包裹，把朋友看作途中偶遇的路人。通常情况是：人们就天气闲聊几句，然后握手，道一句"一路平安"。牧师还说：所有在凡间的人类都是朝圣者，终其一生都是流放者。他们永远无法到达自己真正的居所，因为这处居所并不存在于尘世间。事实上，整个世界是财富和命运的庇护所。一个基督徒在凡间生活，就像一个行走者在任意一个国家步行一样：永远不会停歇。我们可以在德孔波斯特拉①朝圣者的歌谣里看到这样的词句：

  各位旅伴，我们应当不断赶路，而非在某处停留。

那些被我们称之为"游方僧人"的僧侣对人类这种永恒的外来者身份大加赞赏。曾经有一些僧人居无定所，不断穿梭在一座又一座的寺庙之间。事实上，这一现象

---

① 法国的圣地亚哥-德孔波斯特拉之路是著名的朝圣之路，于1998年被列为联合国教科文组织世界遗产。——译注

并未绝迹,据说在阿索斯山脉就活跃着这样一批僧人:他们用去一生的时间,游走在山间狭窄的小道上,或在山峦间四处打转。当夜幕降临时,他们便在所到之处席地而睡。这些僧人终日口中念诵着经文,他们的旅程没有目的地也没有既定目标,就这样在道路的交叉口转圈,来回游荡。其实,这些僧侣行走的意图不是前往一个确定的目的地,而是为了展现他们在凡间永恒的外来者身份。然而,这些"游方僧人"却并未得到外界的认可。当局甚至很快禁止了这种四处游走、到处流浪的生存模式。圣伯努瓦颁布了《寺院安定条例》,认为这种信仰者的永久朝圣行为(peregrinatio perpetua)只是一种形而上的隐喻。条例还规定不应当把朝圣仅仅付诸行走,而应更多地体现在念诵经文和宗教冥想中。几个世纪以前,沙漠中的神父们(尤其是在埃及),就已经很精准地对朝圣者和隐修士做了区分。毋庸置疑,我们应该赞颂人类这种永恒的外来者身份,但不应通过难以捉摸的漂泊流浪来证明。有时,悄然隐退去做一场冥想,就足以体现这种身份的价值。

永久朝圣其实是一种离开、抽离、放弃。这就是为什么基督会召唤他的信徒上路：抛下妻儿，放弃故土、财产和地位出发开始赶路，去开辟新的天地。"卖掉你所有的家当，把所得钱财施给穷苦的人，然后跟随我出发上路。"亚伯拉罕①也曾发出过让人们"抛开所有"的呼吁："和我一起前往一个地方，我将为你指明出路。"从这个意义上来说，行走是召唤，也是皈依。事实上，人们行走有时是为了解脱和了断：与现世的纷扰、繁重的公务，以及过度的消耗做一个了断。因为，只有路途中的厌倦和广袤森林中没有止境的单调才能让人们忘却现状，做到真正的与此地分离。总的来说，行走是超脱，是出发，也是离去。

人们真正开始行走之日，其实也是道别之时。因为我们永远无从知晓自己是否还会回到此地。这一临别的假设滋养了目光，让它变得更加丰富。人们带着这种"向前看"的目光，在风景还未改变之前，翻山越岭，在人生的旅途中跋涉。或是在清晨临行时，最后望一眼自己

---

① 基督教《圣经》里面的一位人物，据说是希伯来人的始祖。——译注

的庇护所，望一眼它灰色的外观和屋后的树木。随后转身离去。然而，这道忧虑的目光并不是为了获取、重拾、保留这处风景，而是想在这块岩石或这朵鲜花上留下一抹自己的光亮。当行走者途经无名的冰川，走过从未领略的草原，抬头仰望没有未来的天空时，会不由自主地向这些风景投射锐利的目光，直抵物体深处。不难发现，人们行走的目的，在于对抗这个世界的阴暗。

事实上，朝圣者并不是人类命运的一种隐喻。人们应当认真地从历史、制度、具体生活等角度去思考他们的生存境地。众所周知，朝圣者在中世纪就为我们勾勒出一个具体、清晰、与众不同的人物形象。另外，一个朝圣者还拥有特有的法定身份。首先，他必须正式、公开地通过仪式让自己获取成为朝圣者的资格。在一场庄严的弥撒过后，主教会将一些传统的朝圣用具赐予这位新的行走者：一根顶部是金属的长木棍，它既可以帮助朝圣者行走，也可以帮助他们抵御恶犬和野兽的侵袭；一个用来放置食物和必要证件的褡裢。这只包袋应该做得狭小轻便，因为对上帝的信仰让朝圣者没有了贪欲，在自然界汲取的都是最低限度的能量。再者，褡裢应当由动物的毛皮制成，让人们能时时记起苦修的训诫。最后，褡裢需要时刻保持敞开的状态，因为朝圣者总是时刻准备着给予、分享、交换。通常情况下，朝圣者还喜欢戴一顶宽边帽子。如果他刚从圣雅克①而来，帽子的前檐一定向上翻起，以便捕捞贝壳类食物。说到衣着，朝圣者常会穿一款短袍子，并披上一袭遮风挡雨的斗篷。在举行弥撒时，主持仪式的主教或教区牧师还会递交给朝圣者一封"保护信"。这封信相当于一纸安全通行证，能够帮助朝圣者在途中不同的寺院或收容所留宿，也保护他们免受大路上绑匪的侵害。根据当时的说法，如果匪徒袭击一个被保护的行走者，那他将会受到极为严酷的惩罚。整个仪式显得异常庄严、肃穆，因为从某种意义上来说，这次远航意味着死亡。无论是在罗马还是在圣雅克，更不用说在耶路撒冷，朝圣者可能连续数月都生死未卜。他们可能被劳累击垮，与匪徒搏斗而亡，落入河中淹死，

---

① 在法国，圣雅克之路是一条著名的朝圣之路。在法语中，"圣雅克"表示一种贝壳类食物。——译注

或不慎坠落悬崖而殒命。这样看来，朝圣者在出发前应该和宿敌和解，解决所有争端，甚至提前立定遗嘱。

然而，如果朝圣者的境遇如此悲凄，那为何还要出发呢？其实，动因有很多。首先是为了表达自己对宗教的赤诚，并意图通过朝圣来增强笃信宗教的决心。朝圣，有时也被人们称之为"在人间满是眼泪的山谷里游荡"。通常，行走者会为这次朝圣制定一个确定的目标，一个明确的、圣光普照的目的地：拜访一处圣地。毫无疑问，朝拜圣地常常是使徒遗骸的安放地，或是圣人安息的地方，比如圣雅克被安葬在了德孔波斯特拉，圣保罗和圣皮埃尔被安葬在了罗马，基督的空墓穴则被安置在了耶路撒冷。还有圣马丁在图尔安息，天使长①的圣骨被安放在了圣米歇尔山。总的来说，朝圣代表了一种坚定的信仰。不难发现，通过卑微的行走，朝圣者其实长期履行着苦行主义的信条，经常斋戒和长时间念诵经文。

---

① 天使长是常见于宗教传统之中的天使，其中包括基督教、伊斯兰教、犹太教和琐罗亚斯德教。天使长一词来自希腊文"αρχαγγελο"，其中"αρχ"表示"主要"，"αγγελο"表示"信使"。——译注

事实上，朝圣也是人们对犯下的严重错误将功补过的一次机会。如果一个虔诚的信徒或一位神职人员良心发现，承认自己曾犯下一桩可怕的罪行，说过亵渎神明的话，甚至违背人类道义，置他人于死地，那么，根据罪行的轻重，这些人可以通过一场朝圣来赎罪。在中世纪，民事法庭会对情节严重的罪行（诸如杀害父母罪、强奸罪等）做出类似的判罚。一场漫长的朝圣可以让罪犯远离民众，并保障后者的安全。在那个年代，宗教法庭对异教徒同样会实行暂时的流放。这样看来，朝圣在中世纪常被当成是一种刑罚。很显然，朝圣本身就是一场艰苦卓绝的行为，总是附带着各种特殊的挑战：赤脚行走，甚至还经常在手臂和脖子上套上金属的锁链，这种锁链有时也以钢铁为材料，和兵器一起锻造而成。不难想象，经过数月的疲乏和辛劳，很多朝圣者都因不堪重负而倒下。事实上，就算没有锁链，数月日晒雨淋（朝圣通常是在完全露天的状态下完成）和饥寒交迫的生存状况也使得朝圣成为一次真正的酷刑。从古至今，朝圣者的双脚都犹如一口承载痛苦的井，深不可测，没有尽头：溃烂的伤口、开裂的皮肤……按照传统,朝圣者每到一座寺庙都会为其进行一场清洗双脚的仪式。这一仪式不仅代表着基督教一种谦卑的姿态,同时也暗示了双脚尤其需要保护的特殊地位。

人们踏上朝圣的征程,除了证明自己对宗教的虔诚、洗清罪孽之外,向神灵祈福也是动因之一。当亲人、孩子、朋友或是自己得了重病时,人们通常会前往圣人的陵墓向他祈福。在他们看来,此时单纯的祷告已经无济于事,唯有直接地向神灵传达自己的请求,让祷告声在圣灵的墓碑旁回响,才能让朝圣者得到安慰。然而,为了到达墓碑,朝圣者必须首先长时间地行走,经历苦痛和磨难,才能最终踏上这片洗涤灵魂的圣地。事实上,途中的疲乏不但可以洗净心灵的尘埃,还能抚平人类骄傲的心气。此时,朝圣者的祷告会显得更加澄澈透亮。人们通过饱经风霜的双脚和布满灰尘的外衣来表达自己谦卑的心境,从而逐渐向神灵靠近。如果朝圣者自己正在经历苦难,他们通常会最大限度地靠近墓碑,尽可能长时间地留守在陵墓的旁边,为的是让自己的身体与圣灵的骨盒有一个最大化的接触。接触过后,朝圣者会挨着墓碑,就地躺下,期盼圣人的神力可以发散到自己的体内,在夜晚向自己病恹恹的身体里注入重生的力量。

最后,人们踏上朝圣之旅的目的,还在于感谢上帝向我们施予的特殊恩惠:一次救赎、一场馈赠、一次康复。笛卡尔曾经为了感谢上帝赐予他《方法论》的灵感,完成了前往洛雷塔圣母院的朝圣之路。这样的例子还有很多:成千上万的忠实信徒曾为自己或身边的亲友向上帝祈福,当他们发现自己的愿望成真时,便会踏上前往圣地的朝圣之旅,以此表达自己的感激之情。

有时,我们应该适当弱化关于朝圣的传说,颠覆朝圣留给人们的既定印象。因为人们很容易为朝圣者勾勒出这样的形象:手握长棍,身穿棕色粗呢短袍,独自一人孤独前行。途中,电闪雷鸣,雨水打在他们厚实的斗篷上。当夜幕降临时,朝圣者试图叩开寺院的大门。在那一刻,石砌的大门在闪电的映照下显得更加雄伟壮观。然而事实上,为了安全起见,行走者往往会组成分散的团体来完成朝圣。当路途遥远时,他们还会选择骑马前行。可一旦朝圣者发现终点将至,或远远瞥见教堂的尖顶,望到教堂模糊的形状时,便会下马步行。在他们看来,一个朝圣者必须要通过行走的方式来完成最后的旅程。事实上,用双脚完成旅程蕴含着以下几点含义:首先,这一行为意味着基督教徒贫穷却谦卑的姿态。因为虔诚的基督徒都认为,行走者比穷人更加贫穷,身体是他们唯一的财富。然而,朝圣者虽然一贫如洗,却是真正的大地之子。他们的每一步都是一次庄严的自白,每一步都表达着对大地的深深眷恋。朝圣者们用双脚锤打着地面,就像它是一处确然无疑并包含承诺的墓地一般。总的来说,行走是一场艰苦的运动,需要付出不懈的努力。人们只有被痛苦洗涤过心灵之后,才能真正地向圣地靠近。

对于基督徒来说,罗马和耶路撒冷是两大最重要的朝圣圣地。从三世纪开始,基督徒为了达到一种现世的完善,常把耶路撒冷认作是朝圣的必经之路。朝圣者行走在耶稣走过的道路上(在圣歌中通常把这一行为用拉丁语记载下来:"in loco ubi steterunt pedes ejus"),重新经历耶稣承受过的苦难,置身于同样的风景中,自此靠近木十字架,站在耶稣曾经与信徒对话的岩洞旁。然而,社会和政治争端却总让朝圣之路变得更加艰难。在这样的背景下,罗马成为一处让人安心的目的地,因为两位圣徒(皮埃尔和保罗)在这里安葬。很快,这座城市成了天主教会的中心,并由此变身为一片真正的圣土。事实上,人们常在罗马进行罗马纳朝圣(peregrinatio romana)。这种朝圣代表了行走者对天主教的绝对服从:他们虽然身负历史留下的重任,却仍因自己能够加入教会而感到无上的光荣。自一三〇〇年以来,每逢天主大赦年,成千上万的朝圣者都会拥向罗马,从一座圣殿辗转到另一座圣殿(罗马的圣皮埃尔墓、拉格朗特的圣约翰墓、圣保罗大教堂等)。对朝圣者来说,这场漫长的朝圣是对自己所犯罪行的一种自我救赎。这样看来,罗马不仅是一处可以见证传奇的地方,同时也是一片让教徒表达敬意的圣地。

德孔波斯特拉是最后一个重要的目的地。说到德孔波斯特拉，人们一定会想到圣雅克：他是基督最喜爱的三位使徒之一，也是第一位殉道者，在希律王的命令下被处决。传说圣雅克的门徒们划着一叶扁舟将他的遗体运回，并最终将船停靠在了加利斯海岸。随后，他们便把圣雅克的遗骨埋葬在土地里，并就地精心修建了一座大理石雕刻的墓碑。然而，这个传说很快就为人们所遗忘……直到有一天，一个名叫培拉杰的隐修士在梦中与天使相遇，后者向培拉杰指明了圣雅克墓碑的确切位置。在那段时间里，每当夜幕降临之时，夜空中的星星就会划出一道道弧线，帮助培拉杰指明方向。最终，人们找到了墓碑，并在这片土地上先后建造了圣殿、小教堂、大教堂。瞻仰这位圣徒的旅程也逐渐成为最为著名的朝圣之路，几乎与前往罗马和耶路撒冷的朝圣之路齐名。

至于为何这片后来开发的圣地发展得如此迅速，人们众说纷纭。一般认为"便捷的交通"是主要因素。毋庸置疑，德孔波斯特拉埋葬着一位重要的圣徒。然而，他的墓碑矗立在一片平坦的山岭之中，周围的环境也很宁静。这样看来，前往圣雅克的墓碑确实要比前往圣皮埃尔和圣保罗的墓碑显得更为便捷。虽然若以北方为参考点，前往三地的距离几乎是一样的。但无论如何，赶赴德孔波斯特拉一定比前往耶路撒冷要近得多。当然，人们还总结出了一些更具神秘色彩的理由来解释圣雅克朝圣之路成功的原因：来自传说和朝圣之路本身的魅力。对于罗马和耶路撒冷来说，两座城市都被笼罩上了过于神秘的光辉，通向两地的朝圣之路也相应地变得冷漠无情，整段旅程只剩下了一连串没有止境的路标和障碍。换句话说，圣地的闪耀遮蔽了每段朝圣之路各自独特的光芒，人们不断重复着同样的道路。在罗马，朝圣者总是从圣皮埃尔大教堂走向拉格朗特的圣约翰墓，从圣保罗大教堂前往圣玛丽主座教堂，再从圣十字教堂奔向圣洛朗大教堂。另外，人们还会参观地下墓穴，第一批殉道者的墓碑在地下一字排开，长长的走廊一眼望不到尽头。在这座永恒的城市里走过万水千山，回头望去，留下的是一条真正的神圣道路。

在耶路撒冷，朝圣者实行的又是另外一种模式。对于基督教徒来说，朝圣之路是一段充满激情的旅程。当他们在圣塞普尔克雷的神殿里冥想完毕后，朝圣者们常会重新走一遍十字之路。前往城市的东面，登上橄榄山，感受濒临死亡的极度体验；来到革责玛尼山园，整夜在那里漫步；翻过高墙，登上锡安山脉，到达耶稣最后晚餐的餐厅。在锡安山脉的山脚下，坐落着一座教堂，那里是圣皮埃尔三次背弃耶稣的地方。有些朝圣者还会跋涉两小时，前往耶稣的诞生地伯利恒小镇，一些更虔诚的朝圣者还会一路向北，来到提庇黎雅湖沿岸，那里是耶稣童年生活的地方；或是前往巴勒斯坦地区北部古城拿撒勒，领略基督徒朝觐地"报喜岩洞"①的风采。这样看来，无论是在罗马还是耶路撒冷，朝圣之旅只有在到达这两座城市之后才被真正开启。

在安放圣雅克遗骨的德孔波斯特拉，只有一座大教堂。然而这座看似孤单的教堂，却闪耀着别样的光芒，它是如此独一无二，犹如当空悬挂着的太阳，成为一种永恒的存在。人们在蒙茹瓦就能远远瞥见这座教堂，每当见到它，精疲力竭的朝圣者就会兴奋地高声喊叫。随后，骑马前来的朝圣者就会立即下马徒步前进，那些原本就步行前来的

---

① 即天使加百列向圣母玛利亚报知她圣灵感孕这一喜讯的地方。——译注

行走者会脱去鞋子。总的来说，两者以更加谦卑的姿态来到目的地。事实上，到达德孔波斯特拉意味着"来到尽头"。毫无疑问，这种"尽头"的概念要归功于德孔波斯特拉得天独厚的地理条件：它位于欧洲西部的末端，濒临大海，坐落在世界的"尽头"。梭罗曾经这样描写道：前往德孔波斯特拉就是前往西方。从中不难发现，在奔赴德孔波斯特拉的道路上，必须时刻关注太阳的起落变化。

人们通常认为通向罗马、耶路撒冷的朝圣之路与圣雅克朝圣之路的本质不尽相同。相比前两者，通向圣雅克的朝圣道路并未显得有多神秘，在夜色的笼罩下，圣雅克墓碑也并不令人生畏。毋庸置疑，只有真正到达德孔波斯特拉，才能让整段旅程变得完整，圣灵的光芒也会在那一刻照亮回程之路。事实上，朝圣的道路和最后的终点正是圣雅克朝圣之路成功的原因所在：加利斯海岸的神秘力量让整条朝圣之路都成为一片圣地。不难发现，朝圣之路其实是由多条道路组成的。那么，到底应该选择哪一条道路，开启哪一段探险呢？德孔波斯特拉的意义在于，它建立了一条条既定路线，路线中包含了不同阶段的任务以及必须拜访的圣地。概括来说，圣雅克朝圣之路包含了四条主要道路、无数从属的小道。举一个具体的例子：人们来到玛丽·玛德莲娜墓前悼念她，并在这位曾经为耶稣浸泡过双脚的圣灵的墓碑前洒下热泪。之后，朝圣者们从维兹莱出发，前往诺伯拉，来到"湮没在黑暗中人类的拯救者"莱昂纳尔的圣殿；随后，启程前往安放着圣马丁遗骨的图尔。途中在安吉利做短暂停留，去瞻仰受人尊敬的圣让·巴蒂斯特的墓碑；接着一路奔向桑特，去吊唁被一百五十个刽子手杀害的圣欧特罗普；之后再从圣玛丽德普出发，前往孔克瞻仰殉道者圣法耶的遗骨；然后从圣吉勒的墓碑出发，奔赴图卢兹去悼念圣灵圣塞尔南……这就是为什么《圣雅克之路朝圣指南》，这本早在十二世纪就编集而成的手册被收录在了《加里斯都抄本》[①]里。因为，整本指南向我们展示了千万条不同的线路：从一处安放圣灵的圣地到另一

---

① 西班牙音乐家索尔·罗佩兹（Xoel Lopez）曾试图使用全世界第一本旅游指南——《加里斯都抄本》（Codex Calixtinus）来完成他的朝圣之旅。——译注

处，每段旅程都充满了奇幻的色彩；从一处墓碑前往另一处墓碑，每位朝圣者都是非凡奇迹的创造者。事实上，这段朝圣之旅从建筑的角度来看，也在不断重复：旅途中的大教堂总是如此相似。它们就像一群姐妹，比肩站立在德孔波斯特拉朝圣的道路上。这样一来，这条朝圣之路上布满了彼此遥相呼应的圣殿，以及修道院。这些修道院总能在夜幕降临时为朝圣者提供遮风避雨的歇脚处，有时也会充当济贫院，帮助那些精疲力竭的行走者，给予他们安慰。形象地来说，通向德孔波斯特拉的道路，就和一本皇皇巨著里的章节一样多。研究中世纪文学的历史学家约瑟夫·贝迪耶曾经写过这样的词句："一切始于道路……"这里的"一切"指的是故事、小说、史诗的开端。换句话说，在人类文学的开篇之际，就能瞥见朝圣之路的影子。约瑟夫·贝迪耶甚至猜测，人们耳熟能详的武功歌①就诞生在德孔波斯特拉朝圣之路的尘土里：

---

① 11世纪至14世纪流行于法国的一种数千行乃至数万行的长篇故事诗，通常用十音节诗句写成，以颂扬统治者的武功勋业为主要题材，故称"武功歌"。——译注

通常,朝圣之旅总是极为漫长,行走者们不得不在夜晚停下脚步,聚在一起,互相讲述之前在其他地方听到的传奇经历。随后,朝圣者四处散播不同的传说,整合精彩的片段,直到最后把所有的故事都写进了一首史诗中。德孔波斯特拉的奇迹也正在于此:把所有圣灵的传说通过朝圣的道路来加以完善。

重生与存在

事实上，在每一次朝圣的背后，人们都能找到一场空想和一个神话：重生的神话和现状的空想。我十分愿意相信，圣雅克之所以被奉为朝圣价值的集中代表，是因为他是耶稣变容的第一见证者。从中我们不难发现，内心的转变是朝圣者最理想的神秘状态。每次朝圣归来，他们都应该完成质的改变。这种转变时常通过"重生"来体现。在转变时，朝圣者通常是在一处圣地附近，周边也总会出现一条小河或江流：这一纯净的元素为后来朝圣者以洗尽铅华的姿态从河流中再次走出做好了铺垫——就如同人们在水流中将自己洗净一般。写到这里，不由让我们想到印度朝圣者在恒河沿岸的朝圣之路。

为了更清楚地说明人们通过行走所完成的重生,我想在这里举一个例子:关于西藏冈仁波齐峰①的朝圣之旅。凯拉什山峰是一座壮美秀丽的孤峰,坐落在一片广袤的高原上,峰顶上布满了积雪。对于许多东方宗教来说,这座山峰代表了天地的中心②,是一处不可取代的圣地。通常,朝圣者从印度平原出发前往该地。等待他们的是在喜马拉雅山脉跋涉成千上万米,其间不断地在积雪的高峰和令人窒息的低矮山谷间来回游走。不难想象,这不仅是一段费力的旅程,也是一段典型的充满艰难险阻的高山险途:路上到处是陡峭的山径、尖利的碎石。在旅途中,人们逐渐丢失了自我的身份和过往的记忆,成为一具永不停歇、向前行走的躯体。

在翻过一座座山头后,朝圣者最终到达了普兰县的山谷。此刻,眼前突然出现一片别样的景致:遍地是透

---

① 中国十大名山之一,是多个宗教中的神山,例如原文中按印度教说法称其为"凯拉什"(Kailash),是湿婆的居所。——译注
② 高文达喇嘛,《白云之路:一个佛教徒前往西藏的朝圣之路》。

明、闪烁的奇石。不再有布满积雪的灰暗险峰，也不再有被薄雾环绕的黑色松林，只剩下最简单纯净的天空和大地。这片景色属于初始的世界，就像一片灰、绿、米色相间的沙漠一般，在人们的眼前铺开。事实上，当不带着任何过往经历的朝圣者穿越这片贫瘠的透明地带时，他们已经望见了在远方的另一座山峰，这座新的山峰规则而闪耀。然而此刻的朝圣者置身于漆黑的湖泊旁和金色的山峦间，游走在陡峭的山路上，显得孤立无援，变得一无所有。这是朝圣者在黑暗中前行所需要经受的考验。他们必须翻过最后一座山头，才能最终到达圣灵们安居的乐土。这些朝圣者的勇气全都来自一片震动人心的景色：一座远在天边的雪峰，像一缕落山的残阳，静止不动却温暖人心。这正是冈仁波齐峰的魔力：它不断超越、引导、召唤着前行的朝圣者。最终，人们在跋涉五千米后，翻越了纳木那尼峰。在这一刻，眼前的一切让朝圣者们心潮澎湃，就像一道持久的闪电，直抵人心。这是一片突如其来却又确定无疑的广袤与辽阔。一汪湛蓝的湖泊（玛旁雍错湖）在山脚下铺展开来。冈仁波齐峰终于以它宽广、安详、完满的姿态展现在人们的面前。山峰周围的空气是如此纯净,以至于万物都闪烁着灵动的光芒。这座神圣的山峰是大地的核心,也是世界的枢纽,是真正的中心所在。它现在就这样矗立在这里,从容地面对着过往的行人。而朝圣者在面对此番壮观的景象时,则感到一阵眩晕:他们认为自己一方面是个胜利者,却同时又是一名失败者。因为所有壮丽的景色都会向徒步靠近它的人们注入一股强大的能量,这股力量会激励也会击垮这些行走者。这就是为什么朝圣者在到达终点时会产生两种截然相反的反应:发出一声胜利的呼喊,以及倒在地上失声痛哭。究其原因,也许是朝圣者在用目光征服山峰的同时却被眼前的盛景击得粉碎。在这一刻,我们终于理解行走者内心的澎湃来源于两种截然有异的心理活动。当然,也是因为冈仁波齐峰的朝圣者在旅途中逐渐丢失了自己的身份,内心深处慢慢形成了一个空洞。在到达终点时,这个空洞又被突然填满:是这里,就是在这里,就在我的跟前!此刻,周围环绕的无数山丘(通常,四五块碎石就能筑起一座小型山丘)以及其他经历过体力透支和狂喜的朝圣者的历险都会加剧行走者此时矛盾的内心感受。然而,冲破这些繁杂念想的是一种强烈的存在感,它就像生长在泥土里的永生花,在人们心中留下震颤。这种存在感也常会向大家发出警示的暗号,就好像我们总被幽灵缠绕一样。

接下去就要完成在这座神圣山峰上进行的宗教仪式,这往往要花去几天的时间,因为东方的宗教要求朝圣者在行走中完成对圣地的朝拜。冈仁波齐就像一座天然寺庙,一座圣灵在镜中雕刻的神圣建筑。然而,真正的考验还未出现。卓玛拉山高达五千八百米,这座山峰为朝圣者提供了走回山谷的道路。他们一旦登上挑战人类极限、冰冻三尺的高峰,就会停住脚步,像一个垂死挣扎的病人一般平躺在碎石上,为那些自己从未喜欢过的人祈祷,在与自己的过往彻底道别前与其和解。随后,朝圣者下山来到翠绿的"怜悯之湖"边,彻底洗去自己的身份和过往所有的经历。这是仪式的最后一个步骤。事实上,重生的并不是人本身,而是一种看待世界的方式,从此人们开始学会自我解脱、漠视时间,以及对整个世界都充满友好。

朝圣这一行为还时常包含了对宇宙再生的空想。墨西哥的惠乔尔人[①]为了寻觅佩奥特掌（仙人掌的一种）而进行的大规模徒步活动就是一个很好的例子。惠乔尔人生活在马德雷山脉的一个偏远地区，他们每年十月在收割完玉米后，就会组成一个个小团体，在布满碎石和尘埃的道路上徒步前行四百多公里来到生长佩奥特掌的圣路易斯波托西沙漠。佩奥特掌是一种没有刺的仙人掌。在惠乔尔人看来，这种仙人掌不但拥有神奇的医学功效，还富有一种神秘的力量。他们提着柳条编织的篮子前去沙漠采摘佩奥特掌，随后哼着小调回到自己的故乡。

事实上，惠乔尔人为这次漫长的朝圣之旅做了精心的准备。他们在自己的村庄举行了各种仪式和祭祀活动。比如猎杀雄鹿，然后把一些祭祀品浸泡在雄鹿的鲜血里。这些染上鲜血的供奉品用来献给沿途遇到的诸神。在路途中，每位参与者都被赋予了一个庄严的名字，他们在

[①] 居住在墨西哥哈利斯科州（Jalisco）和纳亚里特州（Nayarit）的中美印第安人。——译注

队伍中的位置也受到了严格的限制。每位朝圣者在团队中各司其职,各自代表了一位神灵。为此,他们不得不实行长时间的斋戒和严格的禁欲,并且只有在规定的时间才能喝水。在朝圣之旅的第五天,参与者还要在所有人面前完成一次完整的忏悔。对于朝圣者来说,这次旅程的目的在于到达维赫克塔,那里是佩奥特掌最初的生长地。这种朝圣传统源远流长,其步骤总是保持不变。在旅途中,熟知所有传说、通晓所有庇护和致敬术语的萨满①带领朝圣者一路前行。萨满欣赏沿途风景的样子,就像在翻阅一本著作的章节。当他走到道路的拐角处时,便会停下脚步,怀着谦卑的姿态低声述说一个请求。随即,地面洞开,露出一片空地。此时,萨满会面色凝重,开始用手中神圣长棒上的羽毛清扫这片空地。当完成这一切后,他便可以跨过这扇"云之门"。每扇"云之门"后都有一条通向神圣新天地的道路。事实上,沿途的地势

---

① 萨满教系原始的宗教,在萨满教中,萨满被视为神与人之间的中介者:一方面,他将人的祈求、愿望转达给神;另一方面,则向人传达神的意志。——译注

起伏，草木的位置、悬崖峭壁的状态都蕴藏着许多奇闻逸事。四散在路边的碎石兴许是一位心不在焉的先人遗忘在路上的乱箭，那块代表世界水源中心的沼泽可能是某位神灵路过时留下的印记。每当路过这片沼泽，朝圣者们都会在此做长时间的停留：完成净体礼，奉上供品，在沼泽边插上装饰着羽毛的箭头。随后，人们在干燥贫瘠的环境中继续赶路，前往太阳山。

在太阳山附近有一片先人留下的土地。当踏上这片土地时，每个朝圣者表情庄重，因为这是一片充满传奇的土地，神圣不可侵犯。此时，队伍的首领会突然说看到了一头雄鹿。瞬间，整支朝圣队伍都陷入了沉寂。人们完全按照首领的指示行事。不久，首领会向雄鹿"出现的地方"放出一箭，隐形的鹿角随即掉落，并很快在掉落的地方开出一株巨大的仙人掌。这则故事和一则关于上帝的传说如出一辙：一日，太阳之神向一头神鹿射了一箭，当它的鹿角坠落在地面上时，立刻变成了珍奇的佩奥特掌。朝圣者们围绕着这株神奇的植物，进行宗教仪式，向它供奉祭品，请求佩奥特掌给予自己能量与魔法。完成这些仪式后，只有萨满有权利拔出佩奥特掌，他会把仙人掌分成小块送给每位朝圣者品尝，然后口中念念有词："你是过来寻找生命的，这就是生命！"通常，朝圣者在维赫克塔会停留三日，在此期间，他们会采摘神圣的植物，把他们堆放在自己用柳条编织的篮子里。随后每天夜晚拿出一些进行品尝。奇妙的是，一旦人们品尝了这株神奇的植物，他们的梦境就会被破译，来年的运势和社会秩序也会被限定。三日以后，朝圣者重新开始赶路，徒步完成回程四百公里的旅途。

毋庸置疑，惠乔尔人不辞辛劳完成这次旅程的目的在于采摘佩奥特掌。对于印第安人来说，这种植物不但是一味灵丹妙药，还可以充当刺激神经的特殊材料。然而，他们朝圣更重要的目的是为了维持世界的平衡。事实上，佩奥特掌代表了掌管火苗的神灵。它和玉米、雄鹿一起构成了神圣的"三位一体"。传说诸神希望人类的第一次远征由一位重要的神灵来引领，最后他们选择了一位能够战胜黑暗和死亡的神灵，为的是之后他能够稳妥地安排旱季和雨季的交替，水滴与火焰的平衡。不难发现，生命需要这份分享：玉米的生长同时需要阳光和雨露。惠乔尔人这样不断重复他们的征程，也是为了维持宇宙的平衡，确保世界的稳定。从这里可以看出，唯有通过行走才能维持世界的平衡。这是一则关于重生、个性和宇宙的神话。

人们踏上朝圣之路，往往是因为心中怀有对存在的空想。大家常说，朝圣者总把安放圣灵遗骨的地方作为朝圣的首选之地。事实上，朝圣者之所以选择深入圣殿，实则为了切身地获得一种存在感：圣灵的身体虽然被包裹在冰冷的大理石里，朝圣者却能感到自己存在于圣灵的体内，向外散发他的能量，浸透整块岩石，或是感觉自己存在于投射了救世主影子的山丘上。这里的救世主就像是一声回响，永远在耳畔回荡。在这一刻，存在感不再是一枚标记、一幅图画、一个象征，而是一种"就是这里"的真切感受。然而，只有通过步行才能获得这种感受，因为行走需要一段足够长的时间，唯有如此才能够从容地安放好这种存在感。当人们慢慢靠近，最终来到一座山脚下时，并非只有眼睛在活动，眼前的这幅图景其实很早以来就已经浸透在人们的体内,渗透到每一寸肌肤和每一块肌肉中。景色其实只是一种单纯的实物呈现。当我从一辆车中走出,面对一座建筑物、一间教堂或是一座寺庙,我望着它们,仔细察看着这些建筑的细节,发现它们构成了一幅幅图景。我忽生灵感,为眼前的景色照了一张相片,顿时生成了一张"画中画"。相反,"存在"是一种需要时间历练的状态:人们应当在最后一座阿瓦隆山丘极目远眺,当望见韦兹莱教堂时慢慢向其靠近。这样一来,我们就能看见渐落的残阳缓缓改变教堂样貌的过程。人们应当在与教堂渐行渐远时,学会在脑中想象它的样子,甚至期待有朝一日与它重逢。总的来说,在行走时,人们清楚地意识到教堂的存在,并时刻被它吸引。当朝圣者放下行囊,终于可以停下脚步时,他便无须用双眼看到的景象来核实自己到达的状态。因为在到达终点时,他的整个身体已经从头到脚都"浸润"在了这种状态中。

从此,每一天都呈现出一种新的面貌。当我们步行到达了整日魂牵梦萦,在心中默想数遍的地方时,仿佛整条道路也一下变得敞亮起来。此刻,旅途中所有的疲乏和厌倦都烟消云散。因为,眼前这份坚不可摧的"存在"可以为这些经历"正名"。所有旅途中的时光都显得必要、愉悦。毫无疑问,行走让时间变得可逆。

犬儒学派的步伐

希腊的智者都是称职的行走者吗?从历史上来看,回答似乎是肯定的。因为各种传说总是这样描绘他们:大多数时候处于站立的状态,在学生围成的圈中打转;从立满石柱的长廊,或是树林的这头走到那头,有时稍作停歇,又会转过身子,换个方向继续行走。此时,他们身后往往跟着一群不知所措的学生。拉斐尔就在其著名的画作《雅典学派》中描绘了当时哲学家的形象:站立着,步伐有力,手势坚定。

众所周知,苏格拉底是一个不安分的人物。他总喜欢在广场上踱步,尤其是集市开张,人头攒动的时候。通常，人们在远处就能听到他不断提问的声音。然而，真正让苏格拉底感兴趣的不是行走本身，而是前往公共广场或体育场周围寻找民众攀谈。色诺芬在《回忆苏格拉底》里曾经记载道："苏格拉底每天总是过得很充实。早晨，他习惯去体育场的回廊散步；在集市开放的日子，他总是站在最能找到人说话的地方，不停地交谈、提问。"可是，苏格拉底却并不是一位真正的行走者。在《淮德拉》中，我们可以看到他认为行走这一行为无足轻重，甚至排斥乡村生活，他似乎对自然并未抱有很大的热情。

第欧根尼曾在一篇著作中简单地提到过，柏拉图也许是一边行走一边教书。无独有偶，亚里士多德的雅号"漫步者"也是出自同一种教学方法。事实上，人们很有可能是根据亚里士多德教学地点的特性，授予了他这个称号。人们都知道，亚里士多德在伊利索斯河畔的一座体育场内建造了一所名叫吕克昂的学校，学校内有一条长廊（peripatos）。在希腊语中，"peripatein"意为"漫步""交谈""边走边说"。在谈到亚里士多德时，第欧根尼这样描绘道："他有嶙峋的双腿，当学生很多时，他总是选择坐下讲课。"

斯多葛学派的智者已经不再一边行走一边授课。和爱比克泰德学派一样,斯多葛派的大师习惯于面对一群静止不动、需要不断引导的听众。至于伊壁鸠鲁学派的智者,他们从来就不喜欢动荡和移动。在面对学生时,他们总是隐藏在花园深处,平静地在树影婆娑间交谈。

在希腊智者中只有犬儒学派[①]的实践者才能被称为真正的行走者。他们总是无所事事,像流浪狗一样在街上四处游荡。犬儒学派的智者常年奔波在路上,从一座城市辗转到另一座城市,从一个公共广场游走到另外一个。

事实上,从犬儒学派智者的外貌和步态中人们就能将其识别:他们手上常握着一条木棍,肩上披着一块厚实的布。这块布不仅可以夜晚当被子使用,还同时充当着行走者的大衣,甚至可做遮风挡雨的屋顶。另外,他

[①] "犬儒学派"来源于希腊语"kunos",意为狗,指的是那些生活方式极其简朴,经常痛骂民众,揭露世界虚伪丑态的人群。在现代语中,犬儒主义已经逐渐改变词义,意为"厚颜无耻"。这一词汇专门描写那些唯利是图,无视他人利益,一心只想在社会系统中获取最大利益的人。

们还在腰间挂着一条褡裢，里面空无一物①。这些智者行走如此频繁，以至于他们都无需再穿鞋子，他们的脚掌已经打磨得像皮质鞋底一样结实。也有些智者习惯穿着轻便的凉鞋。犬儒学派的践行者与中世纪的朝圣者十分相似，但更像那些朴实的布道者。然而，这些智者行走的目的并不在于用福音来教化世人，而是在于挑衅民众，扰乱秩序。再者，犬儒学派的智者实践的是谩骂和抨击的艺术，而非布道的技巧：他们辱骂众人，惊扰市民，用言语来攻击百姓。

除去外貌特征，言语也是识别犬儒学派实践者的另一大特性。事实上，他们从来不会心平气和地讲话，而是一直在咆哮，其言辞尖刻，极具攻击性。当犬儒学派智者步行几日后到达目的地，或是来到公共广场时，人们一定会听到他们高声怒骂的声音，一定会看到他们面对聚集在一起的民众高谈阔论时的情景。至于那些听众，他们一方面饶有兴致地听着这些抨击的言论，一方面又有些担忧，因为这些言论与他们自身息息相关，感觉自

---

① 第欧根尼，《生活与教义》第五章。

己的习惯、行为、信仰都成为智者谩骂的对象。不难发现,这些演说者的言论并非智慧灵光的典范或深刻教义的蓝本。犬儒学派实践者的咆哮内容往往是一些简短却坚决的言论:这些言论更像是一系列的通牒,一些散落四方的尖刻玩笑,一句句迸发出来的恶毒诅咒。

犬儒学派智者反对、嘲讽一切社会条例和习俗:婚姻、等级尊重、自私、敛财、自我认同、怯懦、习惯、放荡的生活方式、贪婪。在这些游荡的智者看来,所有的这些习俗都显得荒唐可笑,并终将露出其丑恶面目,被人指控,遭人唾弃。

毫无疑问,犬儒主义哲学是一种与行走密切相关的思想学说。然而,这种学说的宗旨并不仅仅局限于到处流浪,而是一种根据自我经历的维度而选择的漂移行为。不难想象,这些智者一旦"漂移"到了城市,就会成为一枚枚炸药,随时都有引爆的危险。

犬儒学派的智者通过其简单、质朴的生活方式,提倡一种最基本的生存体验。不得不承认,他们用尽全力面对极简，甚至"险恶"的生存条件：冻彻肌骨的寒风、倾盆大雨、灼热的骄阳。智者在行走时完全把自己曝光在自然中，时常处于饥寒交迫的状态。他们无家可归，一无所有。然而，智者却在这种原始的生存状态中找到了真理。在他们看来，基础的物质条件可以维系生命，抵抗挫折。它完全独立，不附属于其他任何状况和条件。这也就是为什么"基础"一词有时也可以理解为"野蛮"，正是这一原始的特性为诸多生命元素赋予了能量。

那些被我们称为"书桌哲学家"的学者总喜欢辨别现象和本质的区别。在感性的景观和可见的帷幕后，这些学者试图识别本质和现象的不同，甚至幻想抛开这个世界的色彩，使自己的思想之光永恒闪烁。事实上，感性事物是一种假象，它只是本质不确定的、外在的显现。身体是一台屏幕，而真理则是一种存在于灵魂、思想和精神中的对象。

犬儒学派的智者打破了这一经典学说的规则，因为他们不赞成绕开现象去找寻和重建真理，而是主张在内心激进的状态下完全去除表面的存在：在世界呈现出来的图像下追逐确证自己信念的事物。在这些智者看来，阳光、凉风、土地、天空是构成"基础条件"的所有内容。犬儒学派学者的可贵在于他们无与伦比的生命力。相形之下，那些"静止不动"的哲学家身上有一种复杂而多样的敏感特征。哲学家的解释是这种特性可以让他们在永恒的智慧中得到庇护。然而在这里，所有的一切——房屋、森林、建筑、悬崖峭壁——都相互混淆。所以我们不该如此迅速地跳过现象，而应当实行真正的苦行主义：深入事物实质，挖掘感性部分，直至找到可以让我们抵抗外力的基础物质，比如，能量。

事实上，以上新的思想之所以能让犬儒学派的智者为之四处游走（他们并不是一群离群索居、独自感受存在意义的隐修士），是因为这种新思想还带有政治意义：它可以让那些畏首畏尾、蜷缩于内在思想财富的哲学家们的立场迅速崩溃。同时，突出其本质思想的贫瘠，其教诲和著作的肤浅。因为真理仅存于原始的生命力中：打在皮肤上的寒风、耀眼的阳光、让人惊愕的狂风骤雨。人们在经历这些考验的同时，可以获得最本源的能量，让智者凝重的脸上绽放出笑容。

※※

犬儒学派学者通过游走获得的第二种特性是吃生食的习惯和放浪形骸的个性。在那个时代，很多作家都曾经指责犬儒学派的智者爱好食用生的肉食。据说，第欧根尼就曾经为了尝试品尝一条活着的章鱼而差点丧命①。然而，犬儒学派的实践者绝不会仅仅停留在吃生食这一表面的做法之上，他们的言语和行为也像他们生食的习惯一样，直接、露骨。

其实，这种简单质朴的行为方式和生活条件是对抗另一种经典哲学理论的有力武器。那些久坐不动的哲学家总喜欢辨别自然和人为的区别。在他们看来，自然是指每一种事物按照自己最本质的状态所做的排列，每一种存在的物质根据各自的定义所形成的一种巧合。然而，这种和自我的透明关联可能会遭到人为的破坏；矫揉造

---

① 《生活与教义》第五章。

作的演说、失真的社会配置、虚假的政治条例。在这样的背景下,人们应当在呈现出的现象背后寻找所有事物平静的真相。

在犬儒学派智者看来,最基本的物质条件是事物的本质所在。当面对"自然"这个概念时,他们也同样做了颠覆。这些智者认为自然就是"未加工",是一种和最基本生存条件相平行的状态。在他们看来,"未加工"代表着自然,但却不是梦境中的自然,不是真理平静旅居的空想之境。"未加工"意味着一种尚未开化、原始、不合时宜、无礼、令人气恼、肆无忌惮、不近人情的自然。换句话说,犬儒学派实践者的身体在运作时,不顾及任何习俗和规定,以此展示"自然":裸露是一种"未加工",排便和手淫也是一种"未加工"①。进食同样是一种"未加工"——一项与胃相关的行为:填饱或挨饿,仅此而已。狗从来不会为了睡觉和自我满足而装腔作势,因为这些需求本来就十分自然。为了验证这一观点,我想在

---

① 迪恩·克里斯多姆,《第欧根尼与美德》(第八讲);第欧根尼,《生活与教义》第六章。

这里简述一则关于第欧根尼的逸事。一日,第欧根尼在一场宴会四周徘徊,当他冲着那群愚蠢的参会人大发雷霆,高声咒骂时,人们像对待一条狗一样地向他投去了一块还残留着肉的骨头。第欧根尼见状,立刻冲向前去,抓住那块骨头,贪婪地啃起来。随后,他回到举行宴会的大厅,站到桌上,对着宾客撒尿,并高声叫喊道:"先生们,我和你们一样吃饭,一样撒尿。"[1]

事实上,犬儒学派的学者并非是一群道德败坏的恶人。他们只是根据生理功能和需求,通过最直白的身体语言来揭露人们在谈论自然时所表现出的良好教养、价值体系和虚伪嘴脸。在这些"静止不动"的智者的"打造"下,自然逐渐成为一种社会习俗和文化框架的装饰箱,一切事物都在里面缓慢进行,而"未加工"则具有颠覆以上趋向的特性。

---

[1]《生活与教义》第六章。

※※

第三，犬儒学派的智者显然生活在室外。毋庸置疑，这种生活习惯为相遇制造了绝佳的机会①。然而后果却是这些智者居无定所。他们在沟渠里过夜，或是蜷缩在自己的大衣里，背靠城墙入睡。犬儒学派的实践者就这样无时无刻不把自己曝露在外界，对抗的不仅是大自然的强大力量，同时还有世人的眼光。他们在室外进食②，像克拉特斯和希帕尔基亚③一般在露天嬉戏。④

犬儒学派智者这种喜欢身处室外的习惯再一次颠覆了传统哲学家关于私有与公有的学说。在那些深居简出的学者看来，这是一个为了免遭外界侵扰，而需要在两个封闭空间做出选择的问题。私有意味着家庭亲密关系的激情、欲望的秘密、高墙的保护以及个人领地。公有

---

①② 《生活与教义》第六章。
③ 克拉特斯是犬儒派哲学家，他最初在雅典学习麦加拉学派哲学，但受第欧根尼的影响，转而信奉犬儒派哲学。后来他决意跟与其有共同哲学信仰的妻子希帕尔基亚一起过漂泊而贫困的生活。——译注
④ 《生活与教义》第六章。

则包含了野心、名声、彼此的认同、外人的眼光以及社会身份。

然而,犬儒学派的践行者却常年身处室外。事实上,正是这份"在别处"和"置身事外"的生存状态让犬儒派的智者能够将私有与公有融为一体;正是这种"身处室外"的习惯让智者有底气奚落、抨击关于私有与公有的传统学说,以及世人做出的其他安排。

**

漂泊的犬儒学派智者的最后一个特性是他们对"生活必需"的理解。在他们看来,生活必需并非是一种宿命,而是一种自我发掘、自我放逐、自我攻克的物质。这里,犬儒派学者又再一次颠覆了一种关乎有用与无用的传统学说体系。对于那些局限于自我狭小空间的哲学家来说,当他们谈到以下观点时,就认为自己已经思考良多:一张床是有用的,但从单纯的睡眠角度来看,又无须睡在一张顶着华盖的大床上;同样的道理,在喝水时,杯子是有用的，但为了解渴，人们无须使用一只镶上金边的高脚杯。然而，在犬儒学派智者看来，这些刻意的区分显得徒然无益，因为它们与"生活必需"并无关联。

一日，第欧根尼在水池边看见一个孩子双手合十，形成一只小器皿，然后伸向水池盛水喝。这位犬儒派的实践者见到此番情景突然停下脚步，一脸惊讶，然后高声对自己说道："第欧根尼，你找到了比你更厉害的人。"①说罢，他从自己干瘪的褡裢中取出一只木质的平底杯，扔到离自己很远的地方，随即绽放出胜利者的微笑。第欧根尼感到很幸福，因为他又找了一样可以摆脱的物件。

这种苦行者的胜利才是真正的生活必需。这种"必需"并不是久坐不起的哲学家所说的那种需要：摆脱牵绊我们的无用财富。而是继续深挖那些有用的事物，直至抵达"必需"的层面。"必需"是一种比简朴更为深刻的状态：知足常乐，时刻关怀身边的一切。当然，此刻人们面对的任务也更为艰巨、困难、苛刻：只能接受称得上"必需"的事物。这份接受并不等同于屈从，因为这种思想

---

① 《生活与教义》第六章。

的超越将把我们引向真正的自我主宰,这种凌驾于"有用"的"必需"颠覆了匮乏的概念。

※※

行走者是国王,大地是他的领土。[①]事实上,人们一旦拥有"必需",就不再会失去它。因为"必需"从来不属于任何人:它散落四方,属于我们每一个人。这就是为什么世间总存在着从贫穷到富裕的不断变更。

在伊壁鸠鲁学派的智者看来,富裕意味着不缺少任何东西。其实,犬儒派智者也什么都不缺,因为他们在"必需"中找寻到了快乐。智者可以在大地上休憩,在漂泊的路途中找到必要的食物,繁星点点的天空是他们的屋盖,路边的溪流是他们的饮水之源。凌驾于有用与无用之上的"必需"就这样突然在世间生出一些文化物质,它们无关紧要、束缚人心、笨重,让世界变得越发贫瘠。

犬儒学派的智者常说:我比世上任何一位业主都富

---

① 迪恩·克里斯多姆,《论王权》(第四讲)。

有，因为整片大地都是我的领土。我的领土没有边界。我的房屋比谁都要宽敞，或者说我可以随心所欲地选择房屋的数量，岩洞中有那么多的隐蔽角落，山岭中有如此多的缝隙。我储藏的食物和酒比任何一个人都要多，水池中的水可以供我尽情饮用。

通常，犬儒学派的实践者也没有边际的概念，因为通过步行到达的地方都是他们的家。这些智者之所以被称为世界公民，不是因为他们一无所有，所以不用担心有任何损失而决定放手一搏，而是由于"基础""必需""未加工""置身事外"的特性使犬儒派智者始终处于一种丰盈、没有限度的状态。这种四海为家的生活方式不是一种理想、一纸未来的计划、一个可控的想法、一段世间的传说或是一句承诺，而是一种只能通过背井离乡来完成的历练。犬儒学派的实践者不依附也不留恋任何事物。这是一群真正自由的人，向世人展现他们"激进"的"健康生活方式"，过度却又可供分享的自我掌控。你到底来自何方，向我们传授了这么多的道理？我是世界公民，我身处在这个世界的外围，在和你们说话。

请你们看看我。我没有家,没有祖国,没有财富,也没有仆人。我直接躺在大地上入睡。我没有妻子也没有孩子,没有宽敞的住所。我只拥有大地、天空和一件老旧的大衣。但是,我到底缺少了什么?我难道不是没有悲伤,没有害怕,我难道不自由吗?①

---

① 爱比克泰德,《爱比克泰德谈话录第三卷·犬儒学派智者肖像》。

良好的状态

如今,快乐、愉悦、平静、幸福的价值都是等同的。然而,古代的智者却总是千方百计地想要区分这些良好的状态。事实上,这些状态划分上的分歧至关重要,因为它们决定了不同哲学派别的生成。每个人根据自己对良好状态的定义都会在生命临近终点时经历不一样的感受。这也就是为什么对于良好状态的研究成为一个浩繁的课题。不同的学派就这一内容建立了各自的理论体系,犬儒学派、伊壁鸠鲁学派、怀疑论者、柏拉图学派等。每一学派的智者都对完美状态做出了截然不同的解释:快乐、幸福或平静。

然而，行走的经历却并不存在任何派别。相反，徒步的经历总能及时地在不同场合为行走者创造各种可能，让他们从不同程度上感受这些良好的状态。这一经历是对古代所有智慧的一种亲身实践。

首先是愉悦。愉悦是一种关乎相遇的感受。行走者通过与一具躯体、一个元素、一种物质的相遇，达到一种自我充盈的状态。在愉悦中，我们体会到的是惬意、温和、闻所未闻、动人的未知，以及原始的感受。愉悦是一种需要亲身体验的情感，它时常来自一场相遇、一次外界的确认，或是来自深藏于体内的各种可能。总的来说，愉悦来源于与优良事物的接触，从这种接触中可以绽放出让人们愿意去感受的可能。

众所周知，愉悦的大敌是重复，因为重复会减弱愉悦的强度。试想，一件让我欢欣鼓舞的物品，当我第二次使用它时，不但可以重温当初的愉悦感，甚至还能体会到更加强烈的欣喜感受。因为第二次的时候我已经做好了准备，事先就处于一种欣赏的状态。我小心翼翼，尽量不错过任何细节，试图最大化地体验这一物件给我带来的愉悦感受。到了第三、第四次，我已经知晓所有套路，这件物品也逐渐为我所熟知、认可。事实上，物品从未变化过，还是同样的水果、红酒，等等。但是在我的身体内，它们却以一种虚线的形式呈现，当我穿越这条虚线时，不再深挖它的深层内涵。因为，人们在愉悦中追寻的是一种强烈的感受，当这种感受来临的那一刻，人类身上所有的感官都被唤醒、填充，它们抱成一团，处于一片混沌之中。然而，重复使得这所有的一切都变得索然寡味：新奇的事物如果总是一成不变，就会陷入"炒冷饭""老调重弹"的境地。于是就形成了不同的应对策略：多样性或数量。摆在人们面前的是两种选择：或者我们改变类型，寻找不同风格，追寻其他新奇的事物；或者我们加大剂量。这种选择性策略颇有成效，尤其是在使用初期，人们总能找回一部分丢失的强烈感受。然而，成效被赋予了过多的关注及过高的期望，正是这种对愉悦过于精确的期待，将其彻底扼杀。

在行走时，我们总能感受到相遇后的那份纯净的愉悦时光：覆盆子或蓝莓的清香、夏日阳光的柔和，以及溪流的凉爽。这些都是我们从未经历过的感受。行走有时就像一团火焰，通过并不可观的数量，为人们开辟出一条感官之路，让我们在沿途中收获相遇。

※※

比起愉悦，快乐又完全是另外一种情感：它没有那么消极却更为苛刻，没有那么强烈却更加完整，没有那么局限却更为丰富。在行走时，人们逐渐认识到快乐也是一种与行为息息相关的情感活动。从这里我们可以看出，亚里士多德与斯宾诺莎的理论从根本上来说是一致的：快乐总是伴随着确定的事实。

毫无疑问，悲伤是一种当我们无能为力时所做出的消极反应。我受到了限制，开始自我激励，然而一切照旧。我逼迫自己坚持不懈，于是重新开始尝试，但是依然面对的是停滞的状态：我无能为力。当我俯首案头，面对稿纸才思枯竭时，感到一切都太过艰辛。词句裹足不前，它们犹如笨拙、庞大的动物一般拖拖拉拉，互相冲撞，凌乱地散落在纸上，组成荒唐的段落。体育比赛的失败也同样让人感到困难重重：双腿像两根立柱，臃肿迟钝；身体则像耳朵里的砧骨，绵软无力。当人们向它发号施令时，身体毫无反应或者一味出错，犹如一团不成形的物体。有时，手指在演奏乐器时也会变得不听使唤，仿佛十根笨重的木槌。不难想象，在这种情况下演奏出来的乐章之扭曲、尖利，与钻孔器发出的声音别无二致。琴弦也吱呀作响。最后，人们还时常需要面对令人厌倦的工作，总是那么重复、繁重。我们不得不振作精神，来抵抗无聊与疲惫。在这种事事不顺的情况下，人们很容易产生悲伤的情绪。此刻，这种悲伤的情绪是对处于被束缚、被阻碍、被牵绊状态的一种确认。

当我需要完成一项艰巨任务时，不得不从头开始，咬紧牙关，坚持到底。最终，任务终于顺利完成。从此以后，每当我再次执行相同任务时，就会更加灵活、自如。一切都会进行得很快也很顺利。同样，当我们在体育训练时只要跨越最初的停滞阶段，身体就会逐渐变得轻盈，就会对人们向它发布的号令有所回应。说到底，快乐不是对圆满完成的任务投去的满意眼光，不是面对胜利时的激情澎湃，也不是面对成功果实时的心满意足。快乐是一种在自如状态下释放出的能量符号，是一种自由的存在：所有的一切都手到擒来。快乐也是一项活动，轻而易举地完成那些耗时费力的艰巨任务，确保思想和身体的良性运作。毋庸置疑，思想的快乐来自寻找和发现，身体的快乐则来源于不费吹灰之力地完成各项任务。这就是为什么和愉悦相比，快乐随着重复呈递增的趋势。同时，快乐的含义也变得更加丰富。

在行走时，快乐是一曲持续低吟的乐曲。毫无疑问，行走的过程满是汗水与辛劳，然而却也时时能够收获满足。有时，人们转身就能望见自己徒步攀登的陡峭山坡，心中充满了骄傲。然而，这种内心的满足却时常带给人们对数量、比分，以及数字的渴望，总是不由自主地抛出如下问题：两地相距多远？需要耗时多久？海拔有多高？此时，行走成为一场竞赛。这也是为什么高山攀岩（对顶峰的挑战）总显得有些动机不明，因为这项运动会引发一种自恋式的满足。众所周知，行走的意义绝不是哗众取宠的炫耀,而是在身体内感受行走这一最古老的自然运动所带给我们的简单快乐。其实,成人很有必要看看婴儿蹒跚学步时的情景,感受一下他们把一只脚放到另一只脚之前时的由衷喜悦。当人们在行走时,总能感受到一种持续的快乐。这种快乐来自身体与行走这一行为的高度匹配。同时,行走者也欣喜地认识到自己正在走的每一步总能为下一步提供源源不断的能量。

人们在行走时还能感受到另一种完满的快乐:存在的快乐。在徒步完成一天的旅程后,行走者消除疲劳的最好方法往往是伸展双腿,用完简餐后,安静地喝水。随后,回望将要结束的一天,欣赏夜幕降临时的美丽。[①]人们吃饱喝足,休憩的身体感受不到任何痛苦。在这一刻,行走者感受到一种单纯的存在感充盈全身,体会到一种至高无上、纯净强烈、柔和谦卑的快乐。这是一种存活于世的快乐,是一种身处此地,品味生命美好与世界和谐的快乐。然而很久以来,我们经常被一些负面观念所影

---

① 这段场景取自兰波的一首诗:《绿色小客栈》"极其幸福地,我在桌底下伸展双腿……"

响，误认为完满的人生仅仅意味着拥有财富，或是获取社会认同。为了寻找快乐，我们常常不惜长途跋涉。殊不知其实快乐近在咫尺。这就是为什么人们总把简单的事情复杂化的原因所在。事实上，快乐就在身边，而我们却视而不见，并时常与之擦肩而过。从某种程度上来说，行走是人们挽回错误的一次机会。因为，当我们把身体投入到一场漫长的活动中时（上文已经提到，这是一场能够生成快乐，同时又会产生疲惫和无聊的活动），我们的身体会伴随着休憩和幸福生出一种更为基本、深刻的快乐，这种快乐与一个隐秘的事实息息相关：身体缓慢地呼吸着，我活着，我在这里。

※※

行走时的另一种良好状态是被人们称为"幸福"的状态。当谈论幸福时，作家显然要比思想家描绘得更为生动。因为幸福是一种关乎相遇，依赖实际情况的心理状态。人们通过欣赏沿途原生态的海湾，或享受吹拂在脸颊上的微风来收获愉悦；通过行走和感受行进时就像"独立个体"的身体来取得快乐；通过感知自己的存在来得到充实感。接着是幸福，它也许是在残阳下的紫色山谷，或是转瞬即逝的夏夜风景。这片风景的色彩每天都受到烈日的侵袭，最后在一片金色的光芒下自由呼吸，随即消散而去。幸福是在夜幕降临时，人们在歇脚处的相互陪伴，这些途中偶遇的旅伴很高兴通过行走而彼此相识。然而这所有的一切都与"接受"有关。幸福体现于一场演出、一闪瞬间、一种环境，就是去抓住、接受、理解时光流逝中的种种恩惠。要想达到这一境界，没有诀窍也无法准备：只要幸福降临时在那里即可。如果人们错过了这一时刻，那幸福就会变味，就会逐渐演变为成功做完某事后的自足，以及履行完义务后的窃喜。确切地来说，幸福无法重复，所以它很脆弱。有时，幸福就像世界这张大网上的金丝，是一些不可复制的时刻。毫无疑问，当我们遇见幸福时，应当全情投入。

✱✱

最后一种良好的状态是平静。比起上文提到的几种状态，平静是一种完全不同的心理状态：它更加超脱却少了几分让人惊叹的特质，更加隐忍却没有那么坚定。"平静"代表了灵魂的绝对平等。这种心理状态与行走不谋而合，两者都是悄然无息，逐渐进入状态，并不时地在休憩与行动中切换。同时，平静的状态与行走时的迟缓步调，以及总在重复的特性十分契合。总的来说，人们应该在行走时保持平和的心态。

平静意味着不再被害怕与期待这两种令人担忧的两极情绪所牵绊，是一种凌驾于确信之上的心理状态（因为确信是一种自我防备、自行增长、自我塑造的内心状态）。当人们清晨出发，知道自己要经过数小时的艰苦跋涉才能到达下一个目的地时，除了行走和赶路，别无他法。路途是如此漫长，就算行走者迈开脚步，把两步并作一步，也无法缩短旅程的时间。当夜幕降临时，由于白天长时间奔走，并且重复着同样的动作，行走者的双腿会变得僵硬、麻木。这一结果几乎成为一种天命，无法避免，也无从抗拒。在这种情况下，人们无力选择、发问、计划。事实上，除了行走，人们没有其他任何可以做的事情。当然，我们可以做一些事先的规划，然而在行走时，一切都进行得过于缓慢。不难想象，事先规划的成效也势必令人沮丧。所以，我们所能做的就是根据自己的节奏前进，直至终点。从这里不难看出：平静就是一鼓作气地依循自己的道路。另外，在行走时，所有的烦恼和闹剧，所有流淌在沟渠里试图掏空人们身体和生活的事物都犹如空中楼阁，悬挂在半空。因为在这一刻，这些纷杂的人和事过于遥远，让人无法触碰，从而也就无从处理。这样一来，那些被磨平的激情，那些对生活的深切厌恶（这种厌恶长久以来被压抑，已经濒临爆发）都最终被行走的疲乏所代替：只有行走。总而言之，平静是一种对所有事物都不再有所期待的温存：只需前进、行走。

忧伤的游荡

(内瓦尔[①])

内瓦尔是一个酷爱行走的诗人。他喜欢散步、回忆、想象。每当行走时,内瓦尔还习惯轻声吟唱:

> 勇气!我的朋友,请拿出勇气来!我们距离村庄已经很近了!在村庄的第一幢房子里,我们就能开怀畅饮![②]

[①] 热拉尔·德·内瓦尔(Gérard de Nerval, 1808—1855),法国作家、诗人、散文家和翻译家,法国浪漫主义诗人的代表之一。——译注
[②] 《火的女儿·安婕丽嘉·第二封信》。

图书馆是一处让内瓦尔流连忘返的地方。他经常整日在图书馆里工作,寻找无人问津的手稿,制作冗长的家谱,重新撰写支离破碎的故事。除去在图书馆研读的时光,内瓦尔把大部分时间都用于写作。他时而做些简单的摘抄,有时又投身于自己的写作计划中。大仲马曾经这样描绘过内瓦尔的写作:他总是在写一些"不可能完成的著作"。除了工作,内瓦尔还喜欢不时地去拜会一下故友,或是到剧院消磨夜晚的时光。他在剧院疯狂地迷恋上了一个叫"唯一"的姑娘。事实上,"唯一"是这位女演员的艺名,她的真名叫珍妮。内瓦尔自始至终都未敢靠近,只是远远地爱慕着她。剩下的所有时间,内瓦尔都在行走、漂泊。

我在这里并不想谈及他在德国、英国、意大利、荷兰或是中东的旅行经历(亚历山大港、开罗、贝鲁特、君士坦丁堡)。

我更想说的是内瓦尔在巴黎街头的那些漫步:从蒙马特高地一路向下,来到雷阿尔地区的蜿蜒小道上,或是在阿蒙农维拉森林、莫特方丹、伯艾尔梅树林、圣洛朗附近散步。有时,他也会沿着埃纳省或特维尔河河边一路前行。内瓦尔还有一个特殊的嗜好:喜欢在墓碑周围漫步。他曾经这样形容过位于德伯佩里尔岛上的卢梭墓:"它的外观古老而又简朴。"如果内瓦尔拥有一座城堡或城楼,他一定会这样安排他的领地:在绿色道路的两旁修剪出一片灌木丛,远看犹如移动的红墙,在金色残阳的映照下散发出一片橘色的光芒。在内瓦尔看来,树木越多则越好。无趣的景色会让人昏昏欲睡。在清晨泛着蓝光的薄雾中,仿佛游走着许多幽灵。十月的夜晚则总像是镀上了一层古旧的金色,我们常能听到秋叶落地发出的摩擦声。人们置身在这一美丽的季节中,就像行走在梦境中一样,步调缓慢,不费力气,周边鲜有起伏的地势。

人们在内瓦尔的这些行走经历中找寻到了一种意义:忧郁的意义。这是一种关乎名字与回忆的忧郁情怀。这一特性在《火的女儿》以及《漫步》中都有所体现。人们通过行走,最终来到了一座小村庄。穿过云雾缭绕的树林,到达了目的地。此时的村庄正沐浴在秋日的阳光下。事实上,很久以来,我们就已经无数遍地在脑中想象过这座村庄的不同名字:古非、查丽斯、洛尔兹、欧第斯。一切都是那么温和、忧郁。在朦胧、颤动的光晕中,记忆在内瓦尔心中摇曳。他试图通过行走来抚慰心灵。这些简单、温存的行走经历让内瓦尔回想起了忧愁的童年。其实在行走时,人们只能忆起自己的幻想。

内瓦尔经常从湛蓝的清晨一直行走到橙色的夜晚,这些在摇摆树林中的漫步经历,既不热烈也不精彩,难以抚平他心中的忧愁。这种行走的方式注定无法成为一剂令人振奋的解药,也无法汇聚成一股能量之源。然而,这些散步的经历虽无力抹去忧伤,但却可以把它转化成为其他情感。这一转化过程类似于一种孩子们都很熟悉,也会经常实践的"炼金术"。从这个意义上来说,行走就像把自己投入水中随波逐流,任由水流冲去忧愁,让自己湮没在这种快感中。在这一刻,我们要做的就是让悲伤随波而去,随后尽情享受这一段美好的时光。这是一段充满梦幻色彩的行走旅程。在内瓦尔身上我们重新看到一位孤单漫步者的身影。不同于尼采那种"向上攀爬"的行走模式（众所周知，尼采终其一生都在命运之路上垂直攀登），内瓦尔的行走模式更倾向于一种孩童式的梦幻漫步。

古老的歌谣曾经这样吟唱道："这是一个从弗兰德归来的骑兵……"①当人们在秋日略显羞涩的阳光下长时间行走时，常会陡然生出一种不知今夕何夕的错觉。在这片残阳的照射下，岁岁年年四处飘散，相互交错，彼此混淆。然而，秋叶落地的摩擦声、凉风习习的声响，以及白日的苍茫却仍然保持不变。事实上，童年是前天、昨天、刚才、马上、现在，是一种散落在森林阴暗、清新小道上的忧伤。此时，人们再次在内瓦尔身上找到了一种带有迷幻色彩的忧郁气质，悠然的漫步惊醒了过往沉睡的幽魂，唤醒了带有温柔脸庞的妇人们。在行走时，人们几乎可以确定，唯有在此时的这片光晕中我们才是一个孩子。在这一刻，内瓦尔的忧愁并非来自对逝去时光的追忆，或是对童年的怀念。因为"童年"已经成为

---

① 《火的女儿·安婕丽嘉·第十一封信》。

忧愁本身。但是，只有孩子能够真正理解这一神奇的概念，能够解读到底什么意味着"没有过往的忧伤"。至于我们，只需继续缓慢行走在瓦卢瓦的美丽风景中。

除此之外，还有奥瑞莉雅①式的忧愁：生动而又隐晦。换句话说，这是一种与既定的想法和度过的时光相关的忧愁。此时的行走不再是那些温和、沉重、有气无力的秋日漫步，而是一种对命运的热切追寻和对时光将逝的一种危机感。一八五四年夏末，内瓦尔从布朗日先生的诊所病愈而归，后者其实并不认为内瓦尔已经痊愈。自从出院以后他就没有停止过行走。他在一家旅店里临时租借了一个房间，为的是有一个晚上入睡的地方。然而，除了累得精疲力竭、急需休息的情况之外，内瓦尔几乎不在里面停留。他就这样不停地行走着，偶尔在咖啡店里停下脚步，喝一杯热饮，随后继续赶路。有时，也会去阅览室看会儿书，或是去拜见几个朋友，接着便会重新上路。这种不间断的行走模式不是一次逃逸，而是为

---

① 内瓦尔一部小说的名字，书中的女主人公奥瑞莉雅热情积极，勇于找寻属于自己的生活道路。——译注

了证实自己感受的一种惊人坚持。

此刻的行走更像是一种积极的忧伤。就像《奥瑞莉雅》里的主人公总是能够在行走时唤醒万物。不难发现，狂热的行走者时常一到城市就会变得兴高采烈，但往往也会保留一份担忧。因为城市中的街道是维护、供养、深化矛盾的绝佳场地，到处都充斥着鬼鬼祟祟的目光、跌宕起伏的事件，以及繁杂的声响。这些声响大多来自汽车、钟摆、人们发出的噪音，以及人行道上的巨大的脚步声。如果人们不得不在这样的环境下开辟出一条行走的道路，那么，冲突与疯狂就变得不可避免。

写到这里，我不由想到了一八五五年一月二十五日，想到了内瓦尔的最后一次游荡。这次最后的行走发生在旧灯笼街。事后证明内瓦尔正是在那里找到了一处窗户的栅栏，然后自缢而亡。然而，现在说"游荡"好像还太快了一些，因为在这场"游荡"的背后，隐藏着一个紧急、确定的想法。当时的内瓦尔仿佛被装上了奥瑞莉雅的双腿，一路前行，去追随召唤他的那颗星星。

人们发现行走的动机来源于两种截然不同的心理感

受：深深的绝望以及突然降临的幸福。面对这两种状况，人们常常感到无从选择，所以才会出发上路。我们应当走出家门，踏上征程，前进，追逐。然而当人们勉强地迈开步子，开始行走时，却感觉所有的人都看着我们，包围着我们，随时都准备着揭发我们。即使在这样的情况下，行走者也要学会抵抗人潮的影响，甚至和人群共同前进。事实上，行走是一个持续的疯狂决定，是一次攻克孤独的胜利。行走到这里，人们感觉一切都在闪耀、指示、召唤。比如内瓦尔就看到了一颗不断增大的星星，以及一轮不断增多的月亮。行走使疯狂的言行不断焕发出新的生机。因为行走让一些天马行空的设想成为可能，让所有的事物在行走时都变得富有逻辑。双腿承载着一切，这本身就是一件令人叫好的事情。我们应该义无反顾地出发上路，毫无疑问，这是行走的良好开端。其他人也许认为我们在游荡，其实我们是在追随自己的想法，这些想法也会承载、引出一些新的内容。此刻，许多话语也一下涌到了嘴边。不难发现，一个人说话的方式和走路的方式往往如出一辙，一切都是如此真实。在这里，行走是一种积极的忧愁。

"我在行走时唱着一曲神秘的赞歌。"古老的乐曲再次响起,曲调还是如此沉重。这场行走不再温柔地唤起人们沉睡的回忆,而是试图制造一些巧合。换句话说,行走是为了增加生命的美好印痕。

内瓦尔就这样来到了旧灯笼街。这条道路阴暗,偏远,狭窄,漆黑一片,并且不易被发现。人们从夏特莱广场出发,沿着杜艾尔街才"碰巧撞上了"这条旧灯笼街。随后,人们必须循着这条小巷,一直走到一处狭小的住所,在登上一段"窄小、黏黏糊糊、幽暗"的楼梯后,便可以到达内瓦尔的房间。人们向下望去,发现他的房间恰巧正对着旧灯笼街。说它是街,其实只不过是昏暗人行道的一小段。大仲马曾经这样描绘过这条小巷:"晚上,当人们行走在这条小路上时,就感觉正在一步步走向地狱。"

人们在清晨发现已自缢在房间中的内瓦尔,毋庸置疑,这是一次自杀行为。根据当时的目击者回忆,死去的内瓦尔头上还戴着一顶帽子。大仲马就此再次发表感叹，认为内瓦尔总是在别人的不幸经历中汲取灵感。这一自我了结的做法到底是重获清醒后的苦涩与无奈，还是一次突发的极端疯狂行为？

然而，我们真的知道自己为何要行走吗？

日常出行

(康德)

众所周知，康德的生活波澜不惊。人们很难想象如何能够比康德更加平淡地度过一生。

康德出生和逝世都在普鲁士的柯尼斯堡。终其一生，他都没有离开过故乡，遑论外出闯荡。康德的父亲是一位马鞍匠与皮带制造商。他的母亲则是一位信仰新教的虔信派教徒，为人十分和善。康德从来没有听到过他的母亲说过一句侮辱别人的话。然而令人遗憾的是，康德在很年轻的时候就先后失去了双亲。

康德就这样平静地学习，工作，做过家庭教师和助理，最后成为一名大学教授。翻开他的第一本著作,人们可以在开篇读到这样的句子:"我依循着自己所开辟的道路。并且深知:一旦开始行走,就没有任何事物可以让我止步。"

康德中等身材,头很大,眼睛也很蓝。右肩略高于左肩。他身体孱弱,一只眼睛几近失明。

康德以他有规律的生活作息远近闻名。人们甚至为他起了一个雅号,叫"柯尼斯堡的时钟"。当康德在有课的日子离开家门,准备前往学校,人们便能确定那时一定是早晨八点。在八点差十分的时候,他戴好帽子;在八点差五分的时候,他抓起拐杖;到了八点整,康德准时跨过门槛,推门而出。

康德曾经说过手表是他最后一件能够舍弃的物件。

和尼采一样(虽然两者的程度不同),写作和读书是仅有的两件让康德忙碌的事情,除此之外,就剩下散步与饮食。然而在这两点上,尼采和康德的习惯却大相径庭:尼采是一个伟大的行走者,他不知疲倦,并且总喜欢选择漫长,甚至是艰险的路途作为挑战;通常,尼采吃得很少，他效仿隐居士的生活方式，时常节食，尽量不给自己脆弱的肠胃添加负担。

相反，康德则喜欢大快朵颐，享用美酒。虽然并非酒肉之徒，但他每天仍然会在餐桌上消耗大量时间。然而到了每天行走的时候，康德又会变得十分自制，有时甚至到了小气、褊狭的地步：他无法忍受流汗。所以每当夏天来临之际，他都会行走得非常缓慢。一旦感觉额头沁出了几点汗珠，就会马上躲到树下乘凉。

尼采和康德的健康状况都不甚理想。虽然人们并未在两者的哲学著作中察觉出他们的身体有任何异样。但是事实上，尼采常年便秘，而康德则经常呕吐。

康德身体孱弱，他认为自己之所以长寿（他活了八十岁），完全得益于自己一成不变的生活习惯。他把个人健康当成一件艺术品在经营，为自己制定了严格的"戒律"。康德还十分热衷于研究医学和营养学。在他看来，医学不是用于享受生活的艺术，而是用来延长生命的手段。

在康德生命的最后几年里，他总是抱怨天空中弥漫的一种气体严重影响了他的健康。当时，贝勒地区数以千计的猫神秘死亡。康德深信这种气体是导致猫离奇死亡的罪魁祸首。康德一生从未背负过债务，这是一件让他津津乐道的事情，经常逢人就说。康德难以忍受杂乱无章，他认为所有的物体都应该物归原位。任何形式的变化在他看来都无法想象。

关于上述这个特点，坊间曾流传过这样一则逸事：有一位经常去听康德课的学生，总是穿着一件少了一粒纽扣的外衣。一天早晨，这位学生穿着钉上新纽扣的外衣去上课，这一改变让他的老师猝不及防，彻底打乱了他的心绪。整节课上，康德总是不由自主地把目光转向学生的上衣，然后目不转睛地凝望着那颗新的纽扣。传说，康德最后请求学生扯去这颗纽扣，并对他说：学习新的事物很重要，但要知道，在学会以后懂得如何规划、整理它也同样关键。在穿衣风格方面，康德也总是保持一成不变。人们从来没有看见他有过任何奇特的装扮。

众所周知，康德的生活规律得就像一张乐谱。他每天清晨五点起床，从不会晚于这个时间。午餐以后，他总会喝上几杯茶，随后抽一会儿烟斗，一天一次。

当他有课的时候，总是早晨出门上课，回到家后便换上居家便服和拖鞋开始写作。到一点差一刻的时候准时搁笔。此时，他会重新换好衣服，怀着愉快的心情招待三五好友。他们时常聚在一起讨论科学、哲学和天气。

每次聚会时，康德无一例外地会为宾客在桌上摆放三盘奶酪、一瓶红酒，有时也会放上几碟甜点。他们一般会聊到傍晚五点。

随后，便是康德的漫步时光。无论风和日丽还是刮风下雨，他都会完成这项活动。通常，康德偏爱独自散步，因为他喜欢在行走时嘴巴紧闭，用鼻子呼吸。他认为这样的行走方式对身体最有好处。毫无疑问，朋友的陪伴会逼迫他张开嘴巴，开口说话。

康德总是沿着同一条道路行走，以至于后来人们把公园里的这条路命名为"哲学家之路"。传说，康德一生中只有两次改变过散步的路线：一次是为了更早地领到卢梭的《爱弥儿》，另一次则是在法国大革命爆发那天，试图去别处获取更多的信息。

散步归来以后，康德总是阅读到晚上十点，然后上床就寝（他每天就吃一顿饭），并且很快就能安然入睡。

康德的日常散步和他的生活一样波澜不惊，不带有任何喜悦的情感，也并非称得上是一次和自然的伟大融合，但它却是康德保养身体的必然选择。这场每天进行、每次用时一小时的散步，没有被落下过一天。通过这一行走经历，人们可以从中看到三个重要的方面。

第一个方面是"单调无味"。毋庸置疑，行走是一项无比单调的运动。那些关于行走经历的精彩传说（从多泊费①到维尔尚日②）也往往是从旅途中的突发事件、意料之外的相遇，以及痛苦的回忆中汲取灵感，而非来自行走本身。不难发现，在那些朝圣史诗和攀岩传奇中，描绘中途停留的章节要比描写行进本身的场景多得多，真正让人难忘的事情从来就不是行走本身，而是那些打断旅程的突发事件。因为行走是一项单调、没有"乐趣"的运动，这一点孩子们都很清楚。说到底，行走的过程总是千篇一律：把一只脚迈到另一只脚的前面。然

---

① 鲁道夫·多泊费，《曲折的旅程》。
② 米歇尔·维尔尚日，《路途笔记》。

而，这一表面的单调实际上却有着某种秘密的功效：对抗无聊。众所周知，无聊是静止的身体和空洞的头脑"面面相觑"时的一种状态。行走时的重复步伐之所以可以对抗无聊，是因为人们在行走时无法从倦怠的身体中汲取养料，也无法从这种迟缓的状态中获取螺旋状、模糊的眩晕感。在百无聊赖时，我们总想方设法地做些什么，虽然也清楚此时无论做什么都毫无意义。相反在徒步前行时，人们总是有事可做：行走。如果换个角度思考的话，也可以认为人们除了行走无事可做——无论我们前往何方，或完成了哪段旅程，要做的事情只有一件：前进。这是一个和"世界如是存在着"一样平凡的道理。事实上，这种行为上的单调解放了思想。在行走时，人们甚至都不用思考，不用瞻前顾后，想这想那。通过身体无意识的不懈努力，人们放飞心灵，任其自由驰骋。也只有在这一刻，新的想法才会涌现，迸发，突然而至。

第二个方面是规律性。在康德身上，真正让人叹服之处在于他遵守"戒律"的坚持不懈。散步成为他每天必须完成的活动，就像一种陪伴、一种象征，见证了康德那几个小时的生活状态。每天,他都会撰写一页书稿,萌发一个想法,验证一个观点,完成一次论证。随着这样细水长流的积累,康德写出了一部部皇皇巨著。当然,前提是他必须有话可说,有内容可以思考。然而,这里真正让人惊叹的是一种强烈的反差:著作的伟大和努力的微小。更确切地说,皇皇巨著都是通过平时微小的努力、不断重复的细小动作,以及严格的"戒律"才得以完成。一本著作不是在"风驰电掣"的灵感中一蹴而就,而是靠着一砖一瓦逐渐修砌而成。这和经过了三四天的徒步旅行,人们站在山顶,俯瞰远处出发的起点是一个道理。这段遥远的距离承载着多少细碎的步伐,包含了多少"一步迈到另一步前头"的过程,又蕴含了怎样的恒心与毅力。事实上,不可能完成的任务由不断重复、"坚韧执着"的无数可能组成,这也是制定戒律的意义所在。

最后一个方面是"不可避免性"。人们知道每天下午五点,康德一定会准时走出家门,开始散步。这一习惯似乎成为一场不变的仪式,和每天太阳的起落一样规律、神圣。比起单纯的规律性,"不可避免性"有时还隐藏着更为深刻的含义：它意味着天命，一种可控的天命，一种由于自己的持久习惯而形成的天命。通过人们为自己制定的不同戒律，我们甚至可以从中望见他们截然不同的人生轨迹。在二十、三十、四十年后，戒律会转变成一种意愿，凌驾于我们之上，推翻之前与戒律无关的所有努力。这里，"不可避免性"让人们看清戒律不是一种消极的习惯，而是一种生命的意愿，一种被尼采定义为自由的事物。行走中的"不可避免性"意味着人们一旦出发，就必须到达。唯有前进，除此之外，别无他法。当人们的疲乏达到极限，当双脚走到路途的尽头时，我们总能到达。人们只需一小时又一小时的艰苦跋涉，并相互勉励，不时地说上一句：加油！一旦决定徒步前行，到达终点，那么，除了行走我们没有任何其他办法。这是板上钉钉的事情，已经无法避开：是一种意愿，也是一种天命。

散步

毫无疑问,人们通过行走完成散步。当然,人们有时也通过骑马、乘船完成闲逛。不难发现,和长途的远足旅行相比,漫步少了一些"厚重感",但人们却能在漫步的过程中感受到其他的特点:它更加"谦和",与那些神秘的伟大壮举、抽象的胜利和庄严的宣告关系不大。

事实上,散步分成很多类型。有时,散步犹如一场神圣的仪式,或是一次充满童心的创造;有时,散步意味着一次彻底的放松,一次心灵的重塑;有时,散步又是一场重新探索的冒险。

类似仪式的散步指的是我们童年时期的漫步经历。

通常,孩子们在散步前往往制定好一条精确的路线,然后严格依照路线前进。他们在散步时总是兴高采烈,并且清楚地知道自己是在进行"这场"而非"那场"漫步。在孩子们看来,每场散步都截然不同。他们总会选择不同的小径,这样一来,沿途的篱笆每次都各不相同,看见的景致也大相径庭。总的来说,每次散步的路途都不会重合。

当孩子们长大了以后,会渐渐对平凡相仿的事物以及存在的万物失去最初的敏感与好奇。森林、高山、平原……仿佛一夜之间,身边所有的物体都变得如出一辙。对于我们这些成年人来说,每条道路都融合在同一片风景之中。成年人总是透过自己不断增长的年岁来看待这个世界。毫无疑问,当人们用饱经沧桑的视野来看待世界时,一切都会变得平庸、无趣、平淡无奇。所有的一切都会回归成为一种物质。人们的脑中逐渐只剩下了一些呆板的信息:我知道自己的房子位于哪个国家,知道有几条路可以通向那里。

然而,对于孩子来说,道路意味着遥远的远方,包含了这个世界的所有可能，让人惊喜，也令人担忧。在他们眼中，所有的道路都各不相同，开启的是全然不同的一片片天地。另外，孩子也从来不会相信这个世界上会有两棵完全相似的树。树木盘根错节的枝叶、扭曲的枝干、各自的形状，都是区分彼此的可靠特征。事实上，孩子们从来不会认为立在他们面前的是两棵桑树或橡树，因为他们早把眼前的树木想象成一位骑士和一名巫师，或是一头怪兽和一个孩子。凡是有过行走经历的人都知道，散步的内涵往往更加丰富：穿过树木、人群排成的不同列队，走过色彩斑斓的道路，遇到形形色色的人。那么，当孩子面对两场不同的漫步经历时，又会做何反应呢？毋庸置疑，每次散步都对应于一个独立的故事，每段经历都展现了一个不同的境域，供人们居住，也让我们魂牵梦萦。

普鲁斯特在他童年的时候也曾经历过两场截然不同的散步，对当时的他来说，这两场散步意味着两个世界："斯万家那边"和"盖尔芒特家那边"[①]。不同的季节、音律、

[①] 《去斯万家那边》和《盖尔芒特家那边》是普鲁斯特代表作《追忆似水年华》中最著名的两卷。——译注

时段和色泽都赋予了两场散步全然不同的特点，使其形成两个完整的天地。即使天气险恶，人们也可以毫无顾忌地前往"斯万家那边"。因为这条路不长，沿途满是丁香做成的花环，让人不由俯身轻轻亲吻花瓣；路边的山楂花散发出沁人心脾的香味；在斯万公园的茉莉花丛中，常会突然出现吉尔伯特①的身影——这个令人费解、忧郁阴暗，却又很叛逆的姑娘。

如果人们想去"盖尔芒特家那边"，首先必须走到花园的尽头，从后门进入。而且在出发前必须确保良好的天气情况，因为这条道路相对漫长。在人们心目中，"盖尔芒特家"是一处令人叹为观止的目的地，让人无法企及。这幢房子沿着维沃纳河，常常可以看到人们置身于一片鸢尾花之中，在河边休憩。在这座森林小屋的窗下，常可以望见一个优雅的少妇倚在窗边，神情忧伤，若有所思。普鲁斯特曾经在书中这样描写过当时的情景："颜色暗淡的花朵顺着枝蔓，爬上了潮湿的篱栏。"

---

① 《追忆似水年华》中的小说人物。——译注

这是两个完全分离的世界。艾伯丁①曾经提出一个让叙述者震惊的提议：顺着前往斯万家的小路，到达盖尔芒特家。这个提议简直骇人听闻、荒谬可笑，让人大跌眼镜！虽然，从地理的角度来看，这个提议完全可行。然而，它却直接击碎了童年单纯美好的幻景。对于一个孩子来说，每一次散步都代表了一种完整的身份、一张面庞和一个独立的人。在他们看来，散步时所走过的道路，并非在路口汇聚的普通小道，也不是在同一片天空下延伸的平凡小径。如果孩子们在圣希拉里钟楼俯瞰自己走过的道路，看到的一定是一片独一无二的景致。这片景色浸染着自有领地的色彩，沐浴在一片自己独享的光晕中。事实上，这种自上而下的视野只是一个假象，因为孩子们眼中看到的道路，其实是一条条和自己持平的直线。这些和道路处于同一高度的孩子清楚地知道，碎石的形状、树木的线条、花朵的香味都全然不同。

然而，我们不应该因此就把孩子充满梦幻、富有想象的天性和成人客观、现实的特性划分为两个相互对立

---

① 《追忆似水年华》中的小说人物。——译注

的概念。其实,孩子才是真正的现实主义者,他们在下判断时,从不会受到"常识"的影响。相反,成年人在遇见个例,或发现一类事物的"代表"时,总会排除剩下的可能,过早地完成判断:这是一朵丁香,这是一棵白蜡树,这是一棵苹果树。孩子关注的则是个体的特征。万物在他们眼中总是呈现出独一无二的特性,所以孩子不会急于给物体添上一个名字或功能。当人们和孩子一同散步时,他们会引导我们在茂密树林里观察奇特的昆虫,提醒我们去欣赏花朵散发出的迷人香气。这种对万物的敏感并非出自丰富的想象力,而是来自一种毫无偏见的现实主义。在这种绝对现实主义的感召下,自然立刻变得充满诗意。一直以来,散步都是人们在童年时期的最大消遣,然而,随着年岁的增长,散步这一活动却渐渐失去了它最初的魅力。因为成年人开始对周围的一切形成了既定的想法和判断,他们只愿意通过万物的客观表象来了解事物。遗憾的是,这种客观表象还被人们称为"真理"。

除去童年时的散步样式,还有另一种漫步形式,它虽然没有那么诗意，但也呈现梦境般的色彩。我想说的是一种轻盈、放松的散步状态：行走是为了出去"透透气"，随后换一种心情。当工作把我们压得喘不过气，无聊变得无法承受时，人们常会选择出门散步，顺便"更新一些想法"。尤其是在内外反差过于鲜明的时候，具体来说，就是当屋外春光明媚，微风拂面，而屋内环境污浊，氛围被沉重的公务压抑得死气沉沉时，人们更会选择外出漫步。德国一名哲学家，同时也是康德的朋友曾经就散步的艺术做过精湛、细致的描绘。

在《散步的艺术》一书中，卡尔·戈特洛布·谢莱指出漫步可以帮助人们从工作的疲乏中解脱，让行走者伸展四肢，达到放松身体的效果。当然，放松的绝不只是躯体，还有放飞的心灵。换句话说，散步可以让整个灵魂都得到释放。当我们在工作的时候，总是聚精会神地面对自己的工作内容，全神贯注地完成自己的任务，心中只有工作。工作时的状态也总是大同小异：久坐，身体僵直，不太移动。如果涉及力气活，那劳动者一定要摆好确定的姿势，控制好发力的程度以及肌肉间的配合。

不难发现，工作总是在一种焦躁的状态中结束，这是集中精力时间过久的后果。

然而，散步并不等同于突然的休憩或简单的放松。虽然散步有时意味着"停止工作"，但它的含义远不止于此。散步其实更是一个改变节奏的过程：放松四肢与身体，解放灵魂与思想。事实上，散步首先意味着无视一切束缚，我选择自己的路线、节奏和行走方式。前文中提到，谢莱是康德的朋友，我们猜想他一定读过康德的作品。在谢莱关于散步的描绘中，人们常能读到康德的美学观念。

散步也不等同于"踱步"，因为踱步是让一个想法或念头萦绕在脑际的另一种方式。当人们遇上棘手问题的时候，总会起身，随后开始在屋中踱步。然而，我们并没有因此而远离烦恼：人们来回踱步，一边两手交叉放在背后，一边不停地摇头。一旦移动的身躯为心灵带去一些灵感时（这一灵感指的是解决问题，重新找到理想的布局，建立正确的表现方式，萌发新想法的方案），我们便会马上冲回书桌，直到遇见下一个"关卡"。

出发散步是一项完全不同于踱步的活动：在散步时，

我们会彻底与工作道别。人们合上书本、文件,随后离开家门,开启旅程。一旦身处室外,形体就能找到自己的节奏,心灵也变得更加自由,或者说更加无拘无束。我转头观赏右边诱人的景致,我把这片风景与左边看到的风景交融在一起,随意地把玩反差强烈的多种颜色,通过不断地来回行走,我从细节到全景把沿途的风景完完整整地欣赏了一遍。如果我行走在一条街心花园的小道上,里面人头攒动,我会身心放松地开始观察。我的目光恣意地划过一张张面庞,从一条裙子划向一顶帽子,从不在任何一处做停留,脑中留下的只是一个形状、一根线条、一个表情。康德把这种外部表征的自由组合称为美学的乐趣:人们把想象的内容和看到的实体相结合,并按照自己的意愿任意重组。这是一种完全无意识的行为,人们通过这一行为来表达内心的和谐,身体里所有的机能结构都自发地帮助这场"世界演出"自由开演。

为了让散步的艺术达到登峰造极的境界,谢莱还提出需要在散步时附加一定数量的外在条件。比如,如果人们在一处公共场合散步,就需要行走的道路足够宽敞,为的是不让行人的身体总是相互触碰，散步的队伍不会过于紧密或松散。如果道路上散步的人太少，人们就会不由自主地在人群中寻找熟悉的面孔，开始"侦查"，并不时地抛出"到底是不是他"的疑问。可以确定，这种心理状态很快会把我们拉回到各自的社会角色中去。相反，如果行人太多，人们会感觉受到了"侵犯"，随即变得垂头丧气。另外，行人过于密集的面孔也会妨碍我们完成归纳。如果您在乡间漫步，应该尽量选择被高山、小径、溪流、草原、森林环绕的地方。因为，只有在这种色彩斑斓、形态各异、阳光普照的环境下，人们的想象力才能够得到释放。相反，如果我们一直身处阴暗的环境，想象力的发展将会举步维艰。

另外，人们应当不断在城市与乡间交替散步，而不应为某一种散步方式附上特权。虽然两种散步形式从本质上来说别无二致，都是想象和实际印象间的自由组合。然而，两者的效能却截然不同。当人们行走在公共道路上时，来往的各色人等以及他们各自的行为方式对于我们来说都是一种全新的发现。事实上，这些微小的发现是一种精神上的收获。当人们独自行走在乡间小道上，只有溪流和树木做伴时，所处的情景更像是身处梦境：虽彻底远离内省时的僵硬状态，却仍然富有深刻的思想内涵。那时，我们仿佛为盛开的花朵和远方的地平线分神，灵魂开始逐渐自我遗忘。也正是在这一刻，我们眼前的薄纱被慢慢揭开，一些曾经被蒙住的面孔都再次呈现在人们面前。其实，散步的所有奥秘都蕴藏在心灵这种"自由可用"的状态之中。如今，人们常常因为一些固执的念头而使生活变得忙乱、极端、压抑。在这样的背景下，"自由可用"的心灵状态显得弥足珍贵。事实上，这种心理状态是放弃与接受的双重体现，它使心灵在散步时呈现出别样的魅力。面对这个充满表象的世界，灵魂却始终处于一种自由的状态。它无须向任何人汇报工作成果，也无须总保持着严密的逻辑性。在这场没有结果的游戏里，在这次充满奇幻色彩的漫游中，行走者比起那些严肃、有条理的观察者，似乎更容易让自然向他们敞开心扉。

然而，所有这些散步带来的快乐与意义只会赋予那些自由行走的人。我们不应该把散步当成一种途径，去刻意寻找这些快乐与收获。只有那些受到春日暖阳的召唤，心情愉悦地把手头的工作放到一边，为自己留出一些自由时光的人，才能真正感受到散步的意义。在出门散步时，人们应该身心放松，有意识地放下公务的纷扰以及对自身命运的关切。换句话说，只有当我们不奢求从行走的过程中获取任何利益，彻底把所有的烦恼和忧愁都抛在脑后、束之高阁时，这场散步的经历才能够自然而然地成为一段充满美感的时光。这段时光将带领人们重新发现生命的轻盈与灵魂的柔和——这两点都是与我们自己，包括这个世界息息相关的特质。

在行走的过程中，除了散步的艺术之外，人们还能找到一种消遣的技巧。然而这种消遣的技巧有时也可以理解成一种"再创造"。这种说法尤其适用于城市。通常，我们总是从寻求便利的角度出发，去选择穿行的道路，来完成一些日常琐事：买面包、坐地铁、购物、探望朋友。道路对于我们来说不过是一处地点通向另一个目的地的走廊。在这样的情况下，人们总是低头行走，为了认路才勉强记住一些沿途的标记。人们不再观察，总在识别，所看到的也只是一些为了提高办事效率而设立的标识：药房的十字告诉我应该转向右边，远处的棕色大门提醒我面包房在这条路的尽头，如此等等。自此，道路成为一张布满各种微小符号的布片。虽然上面的标识总在不停闪烁，但对我而言，这场演出已经落幕。

人们应当时常给予自己出其不意，却又方便获得的享受：迈着犹豫、没有把握的步子，在自己的街区自在地漫步。这场散步没有任何目的，只需目光向前，缓慢行走即可。也正是在这样的状态下，奇迹会不期而至。人们只要这样不断地行走，无须跑步，也不带有任何具体的任务，像第一次来到这里一般感受这个城市。虽然人们没有刻意关注任何事物，但却会收获良多：我们能看到斑斓的色彩、细节、形状和外观。这样看来，当人们不带目的，孤单地行走时，打开的是全新的视野：我可以看到百叶窗和墙上污渍的颜色，可以看到长长的黑色栅栏上精美的阿拉伯式装饰图案，可以看到奇形怪状的房子像一排石子一样立在路边，还有一些像乌龟一般低矮、宽大的住宅，可以看到玻璃橱窗里的构成，当我在残阳下行走时，还可以看到呈现出蓝灰色的墙面以及橘色的窗户。我就这样长时间徜徉在这些道路上。

公共花园

在某种特定的情况下,散步不再象征着街道、乡间的诗意美感,而表现为一种世俗的虚伪。在这里,我想谈论的是那种"充满媚态"、矫揉造作的散步方式。这类行走者的目的主要是自我展示,让自己抛头露面。在巴黎,这些行走者毫无疑问最爱光顾杜伊勒里花园①,法国古典主义悲剧的代表作家高乃依就曾经这样描绘过这座公园:"这是一个熠熠生辉、风流倜傥的世界。"(《说谎者》)杜伊勒里花园的布局留有明显的人工痕迹,自然在那里已

---

① 一座占地 25 公顷、坐落于卢浮宫与协和广场之间的公园。它建成于 1644 年,是皇家园艺设计师勒·诺特尔的古典大师级作品。——译注

被彻底"驯服":被修剪得整整齐齐的树丛、笔直的道路、经过精心修饰的树木、人造的喷水池,以及性感的雕塑。在当时那个年代,只有上流社会的贵族才有权利进入这座公共花园,花园尤其拒绝那些粗鄙的民众和作风不正的"青年走狗"。后者时常成群结队地徘徊在花园门前,等候自己的情人——她们自己则往往在花园里面对众多追求者搔首弄姿。然而,杜伊勒里花园却对那些轻佻的女子敞开大门,为的是让她们漂亮的脸庞为花园增光添彩,也希望她们在散步时找到理想的伴侣。夏天的时候,人们喜欢在橘色的光晕和紫色的余晖下在杜伊勒里花园一直待到深夜。行走者的千万步伐在地面上激荡起阵阵尘埃,夜晚就在这片尘埃中慢慢降临。如果我们仔细观察,就会发现花园里的每一棵树上都刻着女人的名字,这些都是悲伤的情人所完成的"杰作",记录着一段段不堪回首的往事。

让我们一起前往杜伊勒里花园,

重温忧伤的梦境。①

不难想象,杜伊勒里花园很快成为各类女性梦想的圣地:如花似玉的少女、追寻新奇艳遇的已婚少妇和希望得到安慰的寡妇。当她们每天只能面对一个男人——她们的丈夫时,这些女性便会处于难以忍受的煎熬之中。夏尔·索雷尔曾经在《一夫多妻制》一书中谈起过建造此类公共花园的真实用意:

> 大多数思维灵敏的女人总是热衷于在卢森堡公园②或杜伊勒里花园里散步,因为她们每天都能在那里遇到新的男人,这让她们欢欣鼓舞。

从这段描写中可以看出:以出双入对为形式(确切地说是以夫妻相伴为形式),共同前往此类公共花园,是

---

① 《杜伊勒里花园喜剧》。
② 占地百顷,位于巴黎第六区。该公园建成于1612年,如今是法国参议院的所在地。——译注

一种十分"邪恶"的做法。

人们时常缓慢地行走在这些公共花园的主要道路上,有时也会停下脚步,调整姿势。他们这样做并非为了减速前进,而是因为放慢速度可以让这些漫步者更加自如地观察周边的同类,也可以让其他人更好地欣赏他们的身姿和魅力,让别人听听自己是多么的足智多谋、妙语连珠。漫步者总是精心地梳妆打扮,因为他们知道猎艳的机会一旦错失就很难挽回,无法弥补。在《杜伊勒里花园的丑角》中曾有过这样的描绘:"杜伊勒里花园里的每一张面孔都是一件艺术品,以至于自然在这一件件珍品前都黯然失色。"这些花枝招展的漫步者总是事先选好同行的伙伴,以避免一些不识趣的无礼之徒中途妨碍她们的计划。在一切准备停当后,她们便开始"进攻":这是一场巴黎女人的胜利。那么,她们散步的真正意图何在?拉布吕耶尔①似乎对此有话要说,他认为:"这些巴

---

① 拉布吕耶尔(Jean de La Bruyere,1645—1696),法国作家和哲学家,生于巴黎一个中产阶级家庭,代表作品是讽刺性著作《品格论》。——译注

黎女人是为了展示她们的最新时装,采摘她们梳妆台前的'果实'。"这些美人迈出的每一步都饱含深意,犹如低声细语一般,让人陶醉。事实上,与其说她们是在行走,不如说她们是在寻找一种讲究的步态和平衡的方式。曾经有一个女仆就这样建议过她的主人:

> 您应当和所有的美人一样,千万不要以一种自然的步调在这里闲逛。假设您和我正走在一条大道上:就算您前言不搭后语,也要假装在和我说话,这样可以显得您风趣诙谐;就算我们的谈话没有任何有趣的内容,您也要假装微笑,这样可以显得您生性乐观;您应该时刻挺直身体,展现修长的脖颈,时刻睁大眼睛,使双眸显得更有神采;不停地咬嘴唇,让双唇泛出健康的红色。①

从中我们可以看出公共花园大道是一座主要的舞台,人们站在上面互相对望,观察别人,也被别人观察;评

---

① 《巴黎漫步》。

判他人,也被他人评判。

    这是上流社会女人的事业,
    她们装备齐全,
    在落日余晖下,
    美丽的棕发和金发女郎已经做好了准备。

    这里是她们展示的战场,
    花边、布料、绸带。
    这里是所有游荡的人群
    展示自己身姿和脸庞的地点。
    这里是人们公开约会的绝佳场所,
    人们可以在这里找到各种物品,
    可是大家却并不喜欢,
    因为它们彼此太过相像。[①]

    公共花园里的其他小道充当着一些小型舞台,它们

[①]《巴黎漫步》。

也都各有特点：在花园东边，我们可以看到一排排长椅，供众人"自由地散播谣言"。换句话说，这里是批评者和抱怨者的舞台。其他一些更为隐蔽的小道则为"地下约会"提供了便利。剩下的一些略带忧伤色彩、平坦的小路则向那些哀怨的人群敞开了怀抱。

杜伊勒里花园里的众多舞台把这座公园塑造成了一出戏剧，里面的每一个人都是演员或观众。人们在里面可以充当各种角色，就像在剧院中一般：过度修饰的风骚女人，荒唐的情郎，矫揉造作、傲慢无礼的法官，酷爱炫耀的官吏，没有作为的小乡绅[1]，资产阶级，妄自尊大的年轻人，曾经的修道院修士，四处散步谣言的"包打听"——人们总可以从他们那里获得最新的谎言[2]，当然还有几个酒鬼。每个人都尽量扮演好自己的角色，展

---

[1] 在一些描绘宫廷、杜伊勒里花园以及圣伯尔纳大门散步经历的讽刺短篇中，人们常可以读到对这一类人的描写："我把他们称为小乡绅，因为这类人喜欢说大话，然而他们的说话内容其实并没有任何意义。说到底，这是一群思想贫瘠，只会矫揉造作的小人。"

[2] 拉布吕耶尔对此做过生动的描写："这是一些生来就来来回回穿梭在路上的人。他们知晓城市中所有的流言蜚语、风流韵事；他们平时无所事事，他们所有的时间都花在了谈论或聆听他人正在做的事情。"

现自己或多或少的财富,然后用余光瞥向周围的人,看看自己的炫耀获得了怎样的效果。为了达到更好的效果,人们为自己安上假腿,戴上一张虚假的面具,开始高谈阔论。

在这场永恒的表演中,人们相互寻找,彼此忽略,又各种评判对方。为了时刻显现出一种独有的状态(不论是快乐还是难过),我们耗去了所有的精力。除去一些微小的不同,人们就像一首诗所写的那样:"他们彼此太过相像。"换句话说,人们总是表面上显得彬彬有礼,彼此吹捧,暗地里却鄙视对方,相互嘲笑:

> 一个斜眼看人的丑陋男人,
> 会荒唐地认为所有的人都是独眼龙。
> 一个愚蠢的人常会嘲笑一个傻子,
> 一个风骚的女人常会嘲笑一个无赖。
> 每个女人都会嘲笑她的伴侣。[①]

---

① 《巴黎漫步》。

在这些低沉的冷嘲热讽中,随着情节的发展,好戏上演:人们在公园里约会,假装相互追寻;风流倜傥的男士追逐着陌生的女人;人们开始交谈;女人的手套掉在了地上,年轻的男子飞奔而去,跪下来为她们拾起。这是"属于杜伊勒里花园的时光"。

城市中的游荡者

瓦尔特·本雅明[①]通过他对巴黎的研究著作，使"游荡者"的形象深入人心。这类游荡者与杜伊勒里花园里风流的漫步者相去甚远。本雅明通过重新阅读波德莱尔的《巴黎的忧郁》《恶之花》中关于巴黎的描绘，以及《现代生活的画家》，来分析、描写、丰富这群游荡者的现象。事实上，"游荡者"蕴含着三个要素，或者说是三种条件的叠加：城市、人群、资本主义。

---

① 瓦尔特·本雅明（Walter Benjamin，1892—1940），德国思想家、哲学家和马克思主义文学批评家，出版有《发达资本主义时代的抒情诗人》和《单向街》等作品，被称为"欧洲最后一位文人"。——译注

从字面上来看，游荡者的经历一定与行走有关。然而这种经历却和尼采与梭罗的行走经历有着很大的差别。另外，对于那些喜欢在自然中长途旅行的人来说，在城市间行走意味着一种折磨。因为，正如我们平时所看到的那样，当人们在城市里行走的时候，前进的步伐总会被阻碍，前进的节奏也总被打乱。然而，这些城市的游荡者又和那些在马路上爱看热闹的人不尽相同。后者一旦遇上什么新奇的事物，就会立刻停下脚步，一动不动地驻足观看。更确切地说，这些"看客"很容易被眼前的事物所吸引。而城市游荡者则是在不停地挪动步子，甚至可以说他们在人群中"滑行"。

事实上，要想完成城市中的游荡，行走者必须拥有一种专注的特质。这种特质的形成可以追溯到十九世纪，当时的游荡者们可以行走数小时而不遥望一眼远处的风景。当人们徘徊在这些新型城市（柏林、伦敦、巴黎）之间时，当人们穿行在大街小巷之际，领略到的是一些彼此分离、截然不同的世界。周围的一切也许在一次街区的转化中就会彻底改变：房子的大小、建筑的风貌、环境、呼吸的空气、生活方式、光线、社交习惯。在游荡者看来，此时的城市已经成为一幅风景画。当他们穿梭在城市之中时，就像在攀登一座高山，可以饱览山峦的秀美，也可以欣赏山间交错的风景。当然，人们在惊喜连连的同时，还要时刻经受危险的考验。在这一刻，城市仿佛一座森林、一片丛林。

第二个让游荡者的特质得到充分发挥的因素是人群：游荡者在人群中行走，同时也时常穿越人群。毋庸置疑，人群是由形形色色的"人"组成的，他们勤奋，忙碌，没有姓名。在一些大型的工业城市，这一群体的生活大致可以由以下几件事情概括：出门上班，下班回家，奔赴商务谈判，匆忙地寄送包裹，或是到达约会地点——他们是新兴文明的代表。然而，人群却往往充满敌意，尤其是对于组成人群的个体。因为每一个人都想前行得更快，其他人则成为他前进道路上的阻碍。在这样的情况下，人们很容易把他人当成竞争对手。此刻组成的也不再是行走的"人群"，而是示威游行、罢工、追讨个人利益的队伍。此时，这些"气势恢宏"的队伍已经逐步演变为了精力充沛的利益团体。身处其中,每个人找寻的都是与他人截然相反的利益诉求。事实上,在这个团体中,我们没有遇见任何人。到处都是一张张陌生而阴沉的脸,从概率的角度出发,人们彼此相识的可能性很小。在过去的几个世纪中,城市中如果出现一张陌生的脸,入住了一个外乡人,对于市民来说都是一件新鲜事。人们会纷纷抛出如下的疑问:他从哪里来?他到我们这里来想做什么?在如今这个时代,情况却恰恰相反。不公开姓名成为一种默认的行为准则。彼此相认反而会让人难堪。在今天的人群中,人们相遇时最基本的行为规则都已经消失殆尽:我们不再相互问候,不再停下脚步,不再就天气情况简单交换几句看法。

第三种因素是资本主义。或者按照瓦尔特·本雅明的说法,是商品的统治。资本主义时代的来临预示着商品已经不再局限于工业产品的范畴,而逐渐"扩张"到了与艺术品和人息息相关的领域。如今,我们身处商品经济的时代,所有的事物都成为消费品,在无止境的需求市场上展示自己:一切都可以被贩卖也可以被购买。毫无疑问,我们应当控制好这种对商品的滥用。换句话说,人们应该处理好卖与被卖之间的关系。

※※

城市的游荡者时常带有一种破坏性:他们破坏人群、商品、城市,以及它们的价值。那些在广袤空间前进的步行者和背着包徒步的攀岩者(杰克·凯鲁亚克、加里·斯奈德)总是对现代文明表示强烈的不满,他们甚至扬言要通过一场谈判和它一刀两断。与这种极端的态度相比,城市游荡者的立场相对模棱两可,在抵抗现代文明时也没有那么激进。事实上,他们身上的破坏性并不等同于强烈的反抗:他们总是试图绕开、回避矛盾点,通过夸大事实来改变现状;通过接受现状,实现最后的超越。

除此之外,城市游荡者还破坏孤独、速度、唯利是图的心态以及消费方式。

首先让我们谈一谈他们对孤独的破坏。众所周知,即使身处熙熙攘攘的人群,我们还是会有一种强烈的孤独感：陌生的脸孔在人们眼中不断地滑过，这些面孔上漠然的表情加剧了我们心灵上孤单的感受。每个人对于他人来说都是陌生人，这种感受在人们心中滋生出一种强烈的敌意，使每个人群中的个体都成为其他人的猎物。然而，游荡者们却总在刻意追寻这种匿名的状态，因为他们可以藏匿在这种无名的状态中，自得其乐。表面上，游荡者们在"人群的运作机制"中融合得很好，可是，只要通过一个自发的动作，便可以将自己隐藏起来。自此，匿名对于游荡者来说不再是一种不堪重负的束缚，而是一次身心荡漾的机会：他们从内心深处感到更加自由，更能还原一种真实的自我。另外，既然游荡者们喜欢躲藏在人群中，这样，默默无名的状态在他们看来非但不是一种限制，反而意味着某种机会。在拥挤的人群中，在沉闷的孤独中，城市游荡者拨开人群，以一个观察者和诗人的角度开始向人群张望：没有一个人能够看到他！游荡者就像一处人群中的褶皱。毋庸置疑，他们确实总和人群保持着一定的距离。然而，人群从来没有刻意驱逐或疏远游荡者。但他们却以一种独有的方式使自己从匿名的人群中抽离，只为自己突出个性。

其次是对速度的破坏。在人群中，每个人都很匆忙，这种匆忙有两层意思：人们想快速前进，却总是受到阻碍。而对于游荡者来说，他们心中并无一处特定的目的地，非要到达这里或那里。所以，他们总是在一抹耀眼的光亮中停下脚步，被行人的面容所吸引，或是在交叉路口驻足停留。事实上，在控制速度的同时，缓慢的步调已经成为拥有灵活头脑的先决条件——这显然是一种更高层次的快捷。因为，游荡者在行走时就能够及时捕捉到各种画面。而那些匆忙的行人却总是将脚步的快捷与头脑的灵活混为一谈。这样一来，他们时常健步如飞，却反应迟钝。这些行人一心只想快速前进，关心的只是如何丈量脚步间的缝隙，却未发现此刻自己的心灵正在空转。相反，城市的游荡者则会选择放慢自己的脚步，而双眼却在不停地打转，随时观察着周边的一切。同时，心灵也被千百样事物所填满，无比充实。

随后是对唯利是图心态的破坏。不难想象，城市的游荡者抵抗所有与生产赢利相关的活动，与一切功利主义思想绝缘。他们看似一无是处,并且整天游手好闲,所以很快被社会边缘化。然而,这些游荡者却并未消极地面对生活。诚然,他们终日无所事事,但却对周遭的一切都很敏感;他们善于观察,头脑总是处于极为清醒的状态。另外,游荡者们总是在行走的时候不停地创造,把沿途的相遇与撞击都转化为充满诗意的图景。试想,如果这个世界不再有游荡者,每个人都只顾自己赶路,形成专属于自己的生活轨迹,那么,就再也没有人在十字路口见证突如其来的一切。因为,只有游荡者才能看到一星半点的光亮,才能感受到轻微的摩擦和相遇的快乐。

最后是对消费方式的破坏。事实上,人群的前行就是一个把自己变成商品的过程。每个个体在人群中摇摆颠簸,随波逐流,最后成为这场匿名运动中的附属产品。我为了人群前进的通畅而自我奉献,全情投入。在人群中,我就是一件供人消费的物品,人群前进的方式束缚了我的身体,周围的交通总是一刻不停地滑过我的身边。我被小路也被大街消费着。沿途的招牌和橱窗仅仅是加剧交通拥堵和推动商品交换的工具。相形之下,游荡者既不主动消费也不会沦入被消费的境地。他们采摘路边的果实,翱翔在天际之间。游荡者们不接受任何的馈赠,就像平原和山间的行走者一样,秀美的风景就是对他们努力的最好褒奖。然而,这些游荡者却时刻接收着来自外界的信息和容易被人们忽略的细节:那些看似无望的相遇,那些转瞬即逝的时光以及瞬间的巧合。他们虽然并不主动消费,却总在试图捕捉一些精彩的时刻。在看似无法实现的相遇中,游荡者让一些美妙的图景如一阵淅沥的小雨一般,轻洒在自己的身上。

然而,游荡者这种诗意的创造性有时却显得有些模糊不清。按照瓦尔特·本雅明的说法,这是一种"充满幻想"的创造性。它努力超越城市的残酷,为的是能够在街头巷尾发现短暂的美好和诗意的冲击。除了超越和寻找之外,游荡者也总在一刻不停地揭示着工作生产和民众的疯狂。事实上,游荡者背负着更为重要的使命:为城市重新渲染上神秘的色彩,创造出新的神话人物,探索城市戏剧的诗意内涵。

不难发现,波德莱尔式的游荡拥有许多后继者。事实上,这种超现实主义的漂泊方式从两个方面丰富了游荡艺术的内涵:巧合与夜晚。在《巴黎的乡人》一书中,阿拉贡[①]就碰巧来到了比特绍蒙公园闲逛;在《娜嘉》一书中,安德烈·布勒东[②]则在夜晚的幻景中追寻爱情。后来,就游荡这个问题,人们还在居伊·德波[③]的理论中发现了一种类似境遇主义的偏移:通常,人们在发现自己与周遭的事物格格不入时,都会选择依照环境来改变自己。于是问题就来了:在如今这个时代,当所有的招牌都整齐划一(人们在发明"连锁店"一词时不带有任何讽刺的口吻,只是为了描绘一节一节如出一辙、自我封闭的链环),当汽车带着挑衅的架势全面侵入我们的生活之时,城市中的游荡会不会因此变得更加艰难,不再像从前那般宜人,充满惊喜。人们总是试图为游荡者建立

[①] 路易·阿拉贡(Louis Aragon, 1897—1982),法国当代著名诗人、作家、小说家,早年参加达达主义和超现实主义文学运动,著有诗歌《断肠集》等,长篇小说《现实世界》《共产党人》等。——译注

[②] 安德烈·布勒东(André Breton, 1896—1966),法国诗人和评论家,超现实主义创始人之一,其代表作是《超现实主义宣言》与《娜嘉》。——译注

[③] 居伊·德波(Guy Debord, 1931—1994),法国20世纪最重要的知识分子革命者之一。——译注

行走的空间，但这个计划却因为购买等原因而被频频搁置。

真正伟大、浪漫的行走者（他们常被人们称为永恒的闲逛者）总是与个体的存在融合在一起，因为行走其实是一场神秘联合的盛大仪式。在参加这场仪式时，行走者感觉自己置身于最本源的自然之中。在卢梭和华兹华斯的作品中，两人也常把行走当成是一种欢庆的表达，因为它见证了一种神秘的存在和融合。在华兹华斯极富平衡感的诗句和卢梭充满韵律的散文中，我们记住的是深沉的呼吸和温和的节奏。

城市的游荡者追求的并不是一种完满的生存状态，他们只求能够领略那些四处飘散的视觉冲击。行走者在不断的融合中完善自己，而游荡者则在分散的碎片爆炸的那一刻升华自我。

沉重

有时,我们在行走时感到极度疲乏,但身体反而会暂时处于一种心醉神迷的状态。这时,人们在前进时完全感觉不到自己的存在,犹如一片随风飘荡的落叶。可惜的是,我总是记不清这段美妙时刻给我带来的具体感受。但有一点可以肯定:当人们长时间行走,或者过于劳累时,就会停止感受到自我的存在。在这一刻,只要路途平坦,地势不过于陡峭,人们就不再看路,也不思考任何问题。取代头脑思考的是人们的双脚,由它们来选择行走时的支撑点,避免遇到阻碍。从行走者的角度来看,此时他们要做的就是全盘的放弃。人们步履矫健,迈着坚定的步伐一路向前。最后,仿佛在一场梦境中结束自己的旅程。从此以后,我们逐渐开始接受自己不再主动思考的选择。此刻,人们周身感到一种无与伦比的轻盈感,轻到好像什么也感受不到一般:双腿被道路所吸引,心灵在头顶上空飘摇。同样,当人们奔跑了很长时间,也能够感受到一种强烈的轻盈感,就像自己被跑步带走一样。过了一段时间(这段时间有时候很长),当双腿准备停当之时,我们的整个身体终于可以与自己的呼吸相遇,双脚也在此刻接收到了来自地面的召唤,准备重新启程。整个过程就像一次不断重复、富有规律的飞行。然而,行走时的轻盈感和跑步时的轻盈感是两种全然不同的感受。因为,正如上文提到的那样,行走有时可以生出一种飘荡的感觉。这种感受不同于在跑步的时候由于肌肉紧张而产生的眩晕感,而是一种由于疲劳和循序渐进的麻痹感而实现的心灵解脱。跑步时的轻盈是一种对抗沉重的胜利,是一种对于身体神圣地位的简短确认。而行走时的飘荡感受唯有在双脚完全依附于地面、与之融为一体的时候才会产生。在这一刻,心灵由于懈怠,似乎忘记了让自身的状态与躯体的疲惫遥相呼应。

事实上,在大多数情况下,行走的经历往往是一次沉重的体验。我并非想表明身体在行走的时候会变得沉重、迟钝。虽然有些时候情况确实如此,当人们距离目的地还有数小时的跋涉,而这时道路又开始变得陡峭。不难想象,此刻,我们每迈出一步都感觉自己膝盖处的经脉已经彼此粘连。然而,我在这里更想描绘的却是另一种"沉重的体验"。每走一步,双脚都会抬起然后落下;每一刻,地面都在支撑着我们的双脚。毫无疑问,人们把双脚埋入地面,是为了之后能够再次抬起,重新出发。双脚就是这样通过与地面的不断"缠绕"而"生根"于土地之中。每一步都构成了一个新的环结。没有一种方式比行走更能让人扎根于土地,因为行走意味着对大地的一种永恒依附。

行文至此,我不由想到现代社会中那些一生都枯坐在一间办公室里的人,他们无时无刻不在用手指敲打键盘。对此,他们的解释是想与这个世界保持畅通的联系。听到这种辩解,我们不禁要问:究竟与什么保持联系?联系的另一端是那些瞬息万变的信息，那一串串图像和数字，还是无数表格和报表？当他们结束工作以后，通常会搭乘地铁或火车。此时，这些人追求的仍然是速度上的优势，眼睛依旧盯着屏幕，只不过现在从电脑屏幕换成了手机屏幕。他们的手指则继续触摸着手机上的键盘，查看信息和图像。就这样，在不知不觉中夜幕已经悄然降临，而他们甚至都没来得及欣赏白日的美好。回到家后，他们又开始面对一种新的屏幕：电视屏幕。不难看出，在这些人的世界中没有与人的真实接触，也没有飞扬的尘土。无论晴天还是下雨，他们都漠然处之。那么，他们到底是以一种怎样的状态在生活？到底什么样的生存空间不需要棱角？这些人的生活远离小径和大道，他们连自己的生存状况都忘记了，四季的轮回和天气的变化对他们来说仿佛都已经不复存在。

一位道教的智者曾经说过："双脚占据地面的空间看似很少，然而，我们却可以通过行走来占据其他所有空间。"这句话首先说明人们不应该长久停留在原地。试想，有人一动不动地站着等人，站姿糟糕。这样一来，用不了多久他就会跺脚、顿足,产生一种刺痒的感觉。在这样的情况下,他只能通过调整手臂的姿势——如前后轻微地摇晃,或把它们紧紧地交叉在胸前——来恢复暂时的平衡。因为,原地不动使他陷入了一种失衡的状态。此刻,只要他开始行走,就能够马上重获原有的平衡:自然重新在他的眼前舒展开来,绽放它的光芒。自此,生命的张力再次拉开,生活也重新步入了正轨。总的来说,双脚再次找到了平衡的支点。

庄子也曾经发表过类似的观点:双脚虽然仅仅占据了一小块空间,然而它们的使命(行走)却可以连结世界上所有的土地。[1]表面上看来,前进的双脚或分开的双腿不占据空间,也没有在任何地方留下痕迹。可是,它们却可以丈量这个世界。打一个形象的比方,我们的双脚就像一个圆规,不占据任何空间,却可以用来衡量土地的弧度。同样,当人们迈开双腿时,两腿之间的距离也是一种很好的丈量方式。

---

[1] 《庄子语录》,J. 莱维译。

另外，还有一种说法认为："道，行之而成"[①]，即道路本身因人的行走而成为路。很显然，这种说法与道教"无"的概念息息相关。道教中所说的"无"，并非指的是一种空洞的虚无，而是一种纯粹的潜在性：一种触发灵感，创造规则的潜在对象。这种规则既调动着身边的字母和声音，创造出了语言和生活，也成就了道路，确实，行走彰显了土地的深沉，并为沿途的风景带去了生命力。

在许多体育活动中，我发现人们的快乐往往来自对沉重感的破坏：人们时常通过速度、上升、爆发、垂直的超越来战胜上文提到的"沉重"。相反，在面对"沉重"时，行走的"处理方式"却截然不同：通过迈出的每一步来体验这份沉重，体会双脚对大地的深切依恋。在跑步时，我们都知道，从运动的状态一下转化为休息的状态是一种极为猛烈的感受，人们双手叉腰，挥汗如雨，面部焦灼。我们停下脚步，是因为体力不支，无法呼吸。然而在行走时，人们停下脚步是为了达到一种自然的完满状态。由此，我们接收到了新的视野，能够更加明白周围风景

---

① 语见《庄子·齐物论》。——译注

的内涵。随后,我们重新启程上路,如此看来,"停下脚步"就不再意味着路途的中断。因为此刻,人们在行走和休憩之间建立起了某种连续性。这样一来,"停下脚步"也不再是对沉重的一种破坏,而是将它完善的一种方式。

事实上,行走总是能够让我们不断回忆起生命的终极意义:当人们扎根于泥土时,沉重的身体需要的只是一些最基本的物质条件。行走,不是向上升起,不是躲过沉重的感受,不是通过速度产生某种幻觉,也不是自己生存条件的一种升华。而是通过对坚实大地、脆弱身体的依附和缓慢的扎根行为来完善自己的生存境遇。行走,就是心甘情愿成为一具俯首前行的躯体。然而,令人惊讶的是,这一缓慢的妥协和懈怠的心态却带给了我们生存的快乐。人们虽然只能处于一种单一的状态,但却毫无怨言。每当我们垂直的身体重新落向地面时,就像是为了再次扎根于大地一般。人们甚至可以说:行走是一次邀请,邀请我们向地而终。

基本

当我们决定徒步旅行几日或几周之后,总会提前准备行李。这时,有一个问题总会重复出现:行李中的这些东西,是否是旅行的必备物品?当然,物品是否必需关系到背包的重量。因为,人们总是希望自己在旅途中轻松自在。毫无疑问,如果带了过重的行李,旅程将沦为一场噩梦。所以,人们才会一遍又一遍地问自己:"这是否必需?"我们也总在尽最大的努力删减物品:药品、纸巾、衣服、食物、住宿用品等。去除多余物品,拿走无用工具简直成为我们挥之不去的念头。从理论上来说,只要保留可供我们行走和生活的物品即可。那么,人们在行走时到底需要什么呢？答案是：可以帮助我们抵御寒冷和饥饿的物品。尤其需要注意的是，不要在徒步的旅行中带上那些用于"打发时间"的物品。

梭罗曾经这样写道："我们在打发时间的同时，一定也在破坏时间的永恒。"说到底，人们行走不是为了打发时间，而是为了在每一步、每一秒、每一片花瓣间迎接时间的到来，感受时间的芬芳。事实上，那些用来消磨时光、抵抗无聊、放松身心、填充空白、催人幻想的事物都显得太过沉重。当人们在选择保留还是丢弃物品时，都不应当受到以下任何一种因素的影响：对于效果的顾虑、外表的考量、舒适度或设计的风格，以及社交方面的设想。如何平衡重量和效率之间微妙的关系才是我们应该思考的问题。人们在行走时需要的只是那些必需的物品。行走，是一次纯净人生的体验。此所谓人生，是一种轻盈、摆脱了世俗的牵绊、超越浅薄、卸下面具的过程。

"必需"，是一种比"有用"更高的境界。"有用"意味着能够促进能量的发挥、加大产品的效果、增加能力，与之相对的那些无用、多余的事物只不过是想让他人羡慕自己，满足个人虚荣心的筹码罢了。

相形之下，作为比"有用"更高的境界，"必需"①是一种无可取代、无法绕开、不可替换的状态。一旦缺乏"必需"，世界就会遇到阻隔，遭受痛苦，随后陷入一种停滞的状态。例如：坚固的鞋子、抵御风寒的换洗衣物、粮食储备、医药用品、导航地图，等等。事实上，对于这些真正有用的物品，人们都可以在大自然中找到替代品：树枝可以用作木桩、棍子、拐杖，草木则可以用来替代毛巾和靠垫。

最后一种境界是"基本"。这几乎是对传统观念的一次颠覆。我记得有一次自己在赛文山脉的山脚下，距离山顶还有六七小时的步行时间。当时，天气晴好，晚上也没有太过寒冷。我于是决定，把背包放在一个树洞中。这样一来，我的肩上和口袋里再也没有其他物品。我就

---

① 这里，我们对"必需"和"基本"做个比较。然而，我们的观点与此前提及的犬儒学派的观点并不相同。犬儒学派的智者认为，应该明确区分"必需"和"基本"这两个概念。通过对这两个概念的区分可以就此引出经典的二元论：现象与本质，有用与无用。而在这里，我们把"基本"看成是一种比"有用"和"必需"更高的境界。

这样一无所有地行走了两天。当时,我首先感觉到的是一种无与伦比的轻松感,甚至卸下了"必需",连最基本的用品都没有。什么也没有。从此,在天空、大地和我之间不再拥有其他任何事物。至于饮食起居,我用双手汲取溪流中的新鲜液体,采摘覆盆子和蓝莓来充饥,在柔软的大地上安然入睡。

"基本"是一种现世的完美状态。有时,"必需"和"有用"是两种相互对立的概念。然而,"基本"不再反对任何概念,对于那些一无所有的人来说"基本"意味着全部。"基本"代表着一种最本源、最古老的物质。人们一般很少有机会能够感受到它的存在。因为只有当我们完全摆脱"必需"时,"基本"才有可能以它最纯净的姿态释放自身。有时,在行走时,我们可以真切地感受到"基本"的存在。除此之外,要想获得相同的经历,势必需要一次突发、危险、极端的转变。

另外,我们还需要在这里辨别"安心"和"信任"的区别。人们安心,是因为他们知道自己拥有"必需品"来面对各种状况:糟糕的天气、复杂的路况、资源的缺乏、夜晚的寒冷。人们知道自己可以依靠基本物资、过往的经历、前瞻的能力来渡过难关。他们通过自己智慧、负责的特质很好地掌控了全局,由此获取安心。

在没有"必需"的情况下,行走是一次向万物"敞开胸怀"的过程。自此,没有什么事物是至关重要的。行走时,没有了精确的计算,也少了对自己的安心,只剩下对整个世界充分的信任。碎石、天空、大地、树木,这所有的一切对于我们来说都是辅助工具,是上天的馈赠和取之不尽的资源。当人们向万物敞开怀抱的同时,也可以获取一种从未有过的信任感,这种感觉充盈在我们的心中,让人们远离日常的烦恼,产生一种绝对的依赖感。"基本"正是让我们心甘情愿对其敞开胸怀的对象。而它,也总是予以人们颇多的回报。然而,要想真正挖掘"基本"的内涵,我们应该敢于冒险,敢于超越"必需"的境界。

神秘与政治

（甘地）

我们永远都不会半途而归。

甘地，一九三〇年三月十日

一九二〇年十二月，甘地宣布，只要民众依循他开辟的抵抗大英帝国统治的道路，印度就能在"明年"恢复独立。具体来说，这条道路指的是在各个领域都实行不合作政策，逐步在民众中推行不服从方针，实施自给自足的经济模式，在这场全民反帝斗争中抵制一切暴力形式的镇压。在完成这场预言后，甘地便开始步行穿越印度。他主张民众使用印度传统棉质布料,并组织了几场焚烧进口布料的运动。

然而,英国人却并没有就此被击退。当时,人们已经把甘地尊称为"圣雄",可让人意想不到的是,这一称谓却引来了一场声势浩大的逮捕活动。那个时候,人民不服从运动已经如火如荼地展开,每个印度公民都严格遵照甘地的指示:举行抵制酒类买卖的游行,不再购买任何进口布料,无视法院的传唤。但是,在一次和武装部队的对峙中,几位游行示威者不幸身亡,使得暴力冲突最终爆发。愤怒的农民将明火投向一处营房,里面的二十余名官兵被活活烧死。在这场阿姆利则暴力事件以后,甘地选择了和一九一九年同样的做法:他下令终止不服从运动,转而开始绝食——这是一种甘地实行了无数次的做法。这一次实行的目的主要有两个:一是为了承担受害者遇难的责任,二是为了激发暴徒的负罪感。

在尔后的十多年中,甘地进过监狱,为了保护贱民不被驱逐而游走在印度各个角落,为维护妇女权益而战斗,在各地实施最基本的卫生措施。之后,在一九三〇年一月,甘地决定再次挑战大英帝国的权威,重新发动一场新的不合作运动。然而,这一次他却不知道该如何行动,如何开始,如何以最明确的方式向英国人平静地表达印度人民拒绝服从的态度。一月十八日,著名诗人泰戈尔拜访了甘地。甘地很坦白地向他这样说道:"在这片围绕着我的黑暗中,我看不到一点光亮。"

最终,这个"微小的声音"对泰戈尔说道:"你行走,一直行走到大海边,然后收集海盐。"自此,甘地决定发动一场"追求真理"(satyagraha)①的运动,踏上了"食盐进军"的征程。他这样做的初衷有两个:一是揭露英帝国对盐征税的丑恶行径,为接下来更激进的抵抗运动埋下伏笔;二是通过大规模的行走活动来抵制英帝国的行为。当时,英国人对食盐实行了垄断政策。任何民众都无权进行有关盐的交易。就算是为了个人用途,他们也无权自行提取食盐。一旦英国人发现老百姓周围有可以开采的盐矿,他们都将一律对其进行破坏,生怕民众

---

① 根据下文,我们可以把"satyagraha"翻译成"精神的力量"。这一信念指的是一种坚定的决心与拒绝一切暴力行为的愿望。

把盐占为私用。然而，众所周知，盐是大海给人类的天然馈赠，是一种人类生活的普通必需品。对这样一种食物进行高额的征税显然是极不合理的。人们只需陈述事实，便可以达到揭露英国人丑恶面目的目的。这场运动的第二个闪光点在于行进的终点是在海岸。确切地说，革命者从高僧修行所①出发，一直走到沿海的盐质沼泽丹地，这块地方与加拉伯尔离得很近。

对于行走带来的精神和政治价值，甘地很久以来就深有体会。在英国求学的时候，甘地还很年轻。那时，他就开始有规律地行走。每天，为了去上法律课程，或是为了寻找一个素食餐厅，甘地几乎都会行走七到十五公里。在甘地离开印度时，他曾向母亲许下三句诺言：不近女色，不碰酒精，不吃肉类。对于他来说，那些行走的经历是坚定信念、履行诺言的机会。他时常会为自己信守诺言而欢欣鼓舞。终其一生，甘地对于个人向别人或自己许下的诺言都十分看重。这些诺言经常是一些郑

---

① 指一种团体生活场所。整个团体奉行的都是符合甘地思想的原则和戒律。高僧修行所由甘地自己创立，他在里面工作和培养弟子。

重的承诺,约束人们不再从事某项活动或实施某项行为。另外,甘地每次的承诺内容都非常具体,并且态度坚定。久而久之,他在自己身上培养出了原则性和自制力。另外,行走还可以加强人与自我的联系。我这里所提到的联系指的不是内省的状态(因为如果要问我们内心的真实感受,比起艰苦的行走,我们一定更愿意平躺在长沙发上),而是一种细致的自我考察。在行走时,人们总向自己汇报,随后便开始自我修正、自我质疑、自我评价。后来,甘地来到南非从事律师的工作。在此期间,他仍然坚持行走,每天都有规律地从托尔斯泰农庄步行至约翰内斯堡,两地距离三十五公里。当甘地在纳塔尔领导革命运动时,他发现行走其实还富有深刻的政治内涵。一九一三年,当地政府对南非的印度人实行了各种令人恼怒的政策,并向他们征收极高的税收。为了维护这些印度人的权益,甘地组织了几场反抗运动。这些运动,不是占领公共领地的简单游行,而是几场持续数日的大规模行走活动。甘地的宗旨是以非暴力的形式进行抗议,让政府停止实施这些不平等的举措。具体说来,行走运动的形式是从一个大区游走到另一个大区（从纳塔尔到德兰士瓦）。然而，甘地和他的同伴却在过境时不携带任何通行证件，为的是显示一种大规模、可见、集体、平静的反抗。甘地就这样于一九一三年十月十三日成为一支大规模行军队伍的首领。这支队伍由两千余人组成，他们都赤脚前进，随身只备有少量的面包和糖。行军只持续了一周的时间，因为甘地很快就被逮捕，五万印度人随即展开了一场声势浩大的游行活动。在这样的情况下，南非将军史末资（Jan Christiaan Smuts）只得和甘地协商，并最终签署了一系列对印度人有利的协议。

一九三〇年二月，甘地六十岁。他开始酝酿"食盐进军"的计划。毫无疑问，这是一场极富戏剧性、充满史诗意味的运动。甘地在自己身边集结了一批立场坚定的斗士，历史上称这批斗士为"不合作主义者"。他们由甘地手把手培养而成，所以他十分清楚这支队伍的内部戒律，知道斗士们已经准备好自我牺牲。随后，甘地挑选了七十人踏上了"进军"的征程。队伍中，年纪最小的斗士只有十六岁。三月十一日，在夜晚祈祷结束以后，甘地在成千上万的民众面前发表了演说,他强调:就算自己被捕,所有的民众也要在平静与和平中将不合作运动进行到底。甘地于第二天清晨六点半出发上路,手握行走时需要用到的长棍(其实就是裹上铁丝的竹棒),身边簇拥着一群忠诚的弟子。甘地和他的弟子穿着一致,都裹着一块棉质的白布。这支队伍在出发时不到八十人。四十四天以后,当他们最终到达海边时,队伍已经扩充到了成百上千人。

在前行的过程中,这支队伍逐渐形成了自己的生活规律。他们每天清晨六点起来祷告,静坐,歌唱。在经过简单的洗漱和进食后,他们便开始上路。每当这支队伍经过某座村庄时,这座村庄便立刻沉浸在节日的气氛中,人们在道路上洒上清水,并在小径上铺满了树叶和鲜花,好让行走者的双脚得到片刻的放松。每当这个时候,甘地都会停下脚步,平静地发表演说,呼吁所有人马上停止和大英帝国的一切合作:不再购买进口产品;如果有人是英帝国指派的当地总督,应该马上辞职卸任。甘地还说,民众尤其不要回应任何挑衅行为,做好接受敌人拳打脚踢的准备,在被逮捕时不要有任何反抗的行为。这场运动获得了空前的成功。外国记者每天都在追踪报道这场"食盐进军",并及时将最新消息昭告天下。面对此番情景,印度总督无言以对。而甘地却仍然每天一成不变、有条不紊地完成着自己的使命:清晨祷告,白天行走,晚上织布,深夜为自己的报纸撰写文章。四月五日,在经过了一个半月的行走之后,他终于到达了沿海小镇丹地,并和自己的弟子一起彻夜祷告。第二天早上八点半,甘地走向大海,在海水中浸泡片刻后,回到了岸上,在数万群众面前庄严地完成了一个伟大的动作:他慢慢俯下身,捧起一块盐。印度女诗人奈度夫人(Sarojini Naidu)用一句话总结了当时的场景:"您好,解救者!"

从这场伟大行走运动的理念和完成方式来看,人们可以感受到几种不同维度的精神特质。这些特质都与甘地的信念不谋而合。

首先,从缓慢的行走进程来看,行走意味着一种对速度的舍弃。这就解释了为何"圣雄"甘地总是对机器、快速消费和盲目生产抱有怀疑的态度。一九〇九年十一月，甘地在一艘从伦敦开往南非的船上撰写了一篇名为《印度自治》的文章，文中质疑了现代文明。除了倡导非暴力抵抗之外，文章还积极维护传统，大力颂扬缓慢的步调。对于甘地来说，真正的对抗并非存在于西方与东方之间，而存在于一种提倡速度、机器生产、力量积累的文明，与另一种专注传承、祷告、手工业的文明之间。然而，这两种文明并不意味着在迟缓的传统和积极的征服中不停地转化。它们更多地代表着两种不同的能量：稳固和变化的能量。在甘地看来，他无须在静止的保守主义和大胆的冒险主义中做出选择，而是要在平静的力量和永恒的躁动中进行抉择，或是在幽暗的微光和刺眼的强光中做出取舍。

每次提到这种平静的能量，甘地就喜欢为它添上两个修饰词：充满母性、女性化的。事实上，在传统社会，行走一直以来都是妇女的"专属"活动。她们总是徒步来到遥远的井边打水，或走到小径上去采集果实和草叶。而男人则更偏爱在狩猎场挥洒汗水，并以如下方式显示他们的力量：对动物进行突然袭击，或是完成距离短、速度快的奔跑。行走之于甘地,首先是发挥耐力,释放缓慢能量的过程。不难发现,在行走时,人们远离突然而至的行为、丰功伟绩、辉煌成就。因为行走总是在一种谦卑的状态下完成,这是一种甘地十分欣赏的状态。它让我们时刻回忆起自己的弱点和行走时的沉重感。换句话说,行走预示着一种贫苦的生存条件。然而,这种谦卑的状态并不完全象征着苦难。它更多地代表着对人类对自身局限的一种承认:我们永远无法做到无所不知、无所不能。人们所知道的内容在"真理"面前都显得不值一提,我们所能做到的一切在"力量"面前都变得微不足道。正是这种对自身局限的承认帮助我们摆放好各自真正的位置。在行走中,我远离一切装备、机器、媒介。此刻,我重新成为大地之子,再一次进入一种与生俱来、最基本的贫苦状态。这就是为什么人们不会为这种谦卑的状态蒙受羞耻。因为它只会撕下自命不凡的虚伪面具,让我们更接近真实的自我。所以,人们也可以在行走中找到某种骄傲的特质:我们总是站立着前行。总的来说,这种谦卑的状态对于甘地来说意味着一种人类的尊严。

另外，行走还具备着一种甘地一生都在追寻的特质：简朴。他总是选择一些"一无所有"的道路。丘吉尔曾经这样嘲讽过甘地："他从一个体面的绅士沦落成了一个半裸的苦行僧。"然而，甘地却从生活的各个方面都坚持遵循着这种质朴的生活方式：穿衣、住宿、食物、交通。当年在伦敦逗留期间，甘地时常穿着礼服、斜纹背心、条纹裤子，还总是拿着一根显眼的银色手柄手杖。随着时光的流逝，他逐渐简化自己的行头，到了生命的最后几年，甘地只裹着一条手织的白色缠腰布。当他还在南非的时候，就搬离了他在约翰内斯堡的舒适公寓，转而住进了集体农场，并积极投身于农活。每当旅行的时候，甘地坚持选择三等硬座。后来，他每天只吃新鲜水果和坚果，直到生命终结。事实上，这种简朴的生存状态让甘地走得更快，道路也变得更加笔直畅通。总的来说，更能保证他"直抵中心"。毋庸置疑，行走意味着一种彻底的质朴：只需将一只脚伸到另一只前头——这便是双腿前行的唯一方法。除此之外，这种质朴有时还预示着某种政治上的企图。甘地曾经这样说过：人们的生活方式如果超越了自我的需求,就是在榨取我们下一代的资源。

所谓质朴的生活,就是摆脱所有那些可能会阻碍生活、遮蔽视线的事物。行走是一种完全自主的行为。我们都知道,甘地终其一生都在以最大的努力倡导当地手工业和本国产品。他对纺车怀有一种崇高的敬意,并且每天都会用纺车织布。在甘地看来,用自己的双手劳动,就是拒绝压榨他人。事实上,行走可以同时满足甘地的双重理想:人的自主和提倡本地特色。毫无疑问,"印度的"(swadeshi)这一词汇很好地概括了这两个理想。甘地在号召印度人民抵制英国布料、酒和其他商品时就曾经大量使用过这个词语。因为,从某种意义上来说,"印度的"这个词蕴含着两重含义:"邻近"和"自给自足"。在行走时,我们时常能够走近他人的日常生活。我们沿着他们耕作的农田散步,路过他们居住的房子。人们停下脚步,与别人攀谈。从这里可以看出,行走为我们相互理解、相互靠近提供了适当的节奏。然而,从另一个角度来看,要想前进,人们唯有依靠自己。我们只要四肢健全,便只需要跟随意愿的脚步,只需等待自己发号施令。在这个过程中,没有任何机械和容易引爆的物质。另外,在行走完之后,人们往往会更加容光焕发。甘地就曾有过类似的经历,当他在一九三〇年步行走完三百九十多公里的路程之后,便感觉自己比出发前更加精力充沛。

最后,甘地对人们在行走过程中所表现出来的顽强和坚持不懈的品质大加赞赏。说到底,这是两种行走时必备的特质,因为行走需要的是一种缓和、持久的努力。为了给自己领导的抗争运动定性,同时推动运动的发展,甘地在一次南非举行的政治会议上发明了一个新的词汇:"精神的力量"(satyagraha)。"精神的力量"是一种关乎力量和真理的概念,是一种人们紧紧依附的概念,就像倚靠在一块坚实的岩石上一样。众所周知,行走需要坚定的决心、坚毅的品质和强烈的意愿。正是靠着这些品格,甘地才得以在他战斗的数年中,在多样的战斗团体中,培养了一批又一批的忠诚弟子。事实上,"精神的力量"的核心特质在于一种内在的自控力。这种自控力具体表现在如下方面:在遭受拳打脚踢时不还手,在遭遇不公正逮捕时不反抗，在遭受侮辱、当众蒙羞、被恶意中伤时不予以回击。换句话说，这是一种双重自控力，即需要人们控制突然而至的怒火，甚至盛怒，又需要我们在失意落败或胆小怯懦时很快调整自己的心态。人们应当时刻如真理一般平静，静止，平和，自信。而行走则可以耗尽怒火，洗净我们的心灵。当不合作主义者到达海岸时，他们的心中已经去除了所有的仇恨和怒火，只剩下战胜法律的淡然决心。因为，在他们看来，法律并不公正，有时甚至极不公道。所以，对抗法律成为他们的职责。这些不合作主义者坚定却平静地履行着他们的职责，犹如在做祷告一般。

这种对自我的控制能力其实是对万物都怀有博爱之心的先决条件，同时也代表着一种非暴力（ahimsa）的特性。这也是甘地理论的核心内容。在甘地看来，"非暴力"并非意味着消极的拒绝、中性的妥协，或是一种屈从。这种特性以一种特殊的形式展现了多种不同的品格：尊严、自制、顽强、谦卑、活力。"非暴力"不是对力量的简单排斥，而是提倡用灵魂的力量来抵抗身体的力量。

甘地从来没有说过：当敌人的拳脚"倾盆而下"，当他们的野蛮行径不断升级时，我们不做任何的反抗。他说的是：用我们的灵魂进行抵抗，尽可能长时间地挺直身体，永远不要在尊严问题上妥协。面对敌人，不要表现出挑衅或者其他任何情绪。这样一来，就会在暴徒和受害者之间，在这种充满仇恨和暴力的氛围中，形成一种平等性和相互性。如果一定要表现某种情绪，受害者可以向施暴者表现出极大的同情。总的来说，就是要让两者关系显示出不对称性：一方面是盲目的、身体上的、充满仇恨的暴怒，另一方面则是一种博爱的精神力量。如果人们坚持以这样一种方式抵抗，那么，两者的关系最终就会颠倒位置。施暴者的力量会逐步减退，他将最终沦为一头发狂的猛兽。此刻，所有人性的光辉都会洒向倒在地上的受害者。施暴者在贬低他的时候，其实却恰恰彰显了对方人性的纯净与伟大。在这一刻，"非暴力"让"暴力"蒙羞。如果暴徒继续殴打这位用纯净的人性和质朴的尊严来抵抗野蛮行径的受害者，那他就等于丢弃了自己的荣誉和灵魂。

一九三〇年五月，在达拉萨那爆发了一场可怕的事件。不合作主义者一路前行来到一座盐厂，想以人民的名义，占领这座工厂。事前，甘地写信告知了当时的总督他们此次运动的目的所在。他写道：当局只要取消对盐征税，就可以避免这场运动的发生。然而，甘地却遭到了逮捕，无法亲自参加这场非暴力抵抗运动。四百名佩戴着钢质手柄警棍的警察在盐厂等待着不合作主义者的到来。后者缓慢前进，拒绝疏散。每当他们到达警察面前，就会遭受到凶狠的袭击，而不合作主义者们却不做任何的反抗。前排的斗士一旦倒下，后排的斗士就会冲上前来顶替他们遭受袭击，直到自己也跌倒在地。这场运动最触目惊心的地方在于那些不合作主义者根本就没有尝试过保护自己，他们甚至都不会用手臂遮挡一下雨点般向自己袭来的警棍，而是把自己曝光在拳脚下，任由施暴者打断手臂，敲碎头颅。在这种情况下，警察在狂怒之下打死了几名倒在地上的斗士。一位美国联合通讯社的记者韦伯·米勒见证了这场杀戮，见证了不合作主义者肃穆、无声、坚定的行进过程。他这样描绘当时的场景:"他们迈着坚定的脚步,高昂着头颅前进、跌倒。"整个过程是如此安静,以至于后来人们只能听到棍棒的敲打声和骨头断裂的声响,以及一阵阵低沉的呻吟声。达拉萨那袭击事件,共计有数百名伤亡人员。

然而,一九三〇年的这场运动所取得的政治受益却并没有达到甘地的预期。和这场抵抗运动伟大的出发点和形式相比,获得的成效显得不值一提。一九三一年三月签署的《甘地-欧文协定》也收效甚微。同年九月,甘地奔赴伦敦参加国际会议,会议结束后,却并未收获任何实质的进展。当一九三九年第二次世界大战爆发之际,印度在很大程度上仍然是一个被英国统治的国家。直到一九四七年八月,印度才恢复独立,代价是与巴基斯坦瓜分土地。对甘地来说,这是一种为了重获独立而实行的最糟糕的解决办法。因为,一直以来,他都期望在团结与友爱中获取自由。

甘地一生都没有停止过行走。他常说,自己之所以保持着良好的身体状况,完全得益于行走的习惯。他一直行走到生命的终点。在他生命的最后几年中,甘地一方面看到自己的梦想已经实现，一方面却彻底地幻灭：伴随印度独立的，是其支离破碎的状态。一九四〇年底，当英国决定放弃对印度殖民地的统治权时，印度本国的各类权力争斗（在此之前，这些权力团体都被英国人很好地控制着）却愈演愈烈。这些争斗，很快演变成了印度人、穆斯林和锡克人之间展开的暴力屠杀行为。

一九四六年冬天，甘地重拾自己朝圣者的木棒，决定步行游走于因为仇恨而变得四分五裂的地区（孟加拉和比哈尔地区）。他希望徒步走访一个又一个村庄，与每一个人促膝交谈，为每一个人祈祷。然后，向人们讲述他们丢失的爱与兄弟情谊是何等的珍贵。从一九四六年十一月七日到一九四七年三月二日，甘地徒步穿越了数十座村庄。他坚持依靠双脚前行，因为在他看来，宣传和平的价值一定要在贫苦的状态下完成。甘地每天清晨四点起床读书写作，用双手织布，主持向所有人开放的祈祷仪式。他会同时念诵印度教和伊斯兰教的经文，为的是显示两种宗教对和平的共同向往。当然，甘地仍然坚持行走。他每天清晨出发时总是唱着泰戈尔了不起的诗句：

独自行走。

如果他们没有回答你的召唤，请独自行走；

如果他们感到害怕，惊恐地转身倚着墙面，

那么，请你这位糟糕的占卜师，

敞开心扉，独自低语。

如果他们改变方向，把你丢弃在广袤的沙漠里，

那么，请你这位糟糕的占卜师，

寻找道路上的刺，

随后独自行走在这条布满血迹的道路上。

一九四七年九月，出现了"加尔各答奇迹"。这一"奇迹"指的是只要甘地现身，或是决定绝食，就足以阻止一场能够摧毁整座城市的火灾。事实上，印度已经于同年八月宣布独立。然而，印度和巴基斯坦的领土之分却引来了各个权力集团新一轮的暴力纠纷。

甘地于一九四八年一月三十日被一名印度教的狂热分子杀害。

他给世人留下了这样的印象:一个年届七十七岁的老人,每天一只手扶着侄女的手臂,另一只手拄着朝圣用的木棒,穿着世界上最残破的衣服,徒步从一座村庄行走到另一座村庄,见证着一次又一次的屠杀,靠着信念坚持到底。甘地每到一处都向世人宣扬博爱的伟大,揭露仇恨的荒唐。他通过缓慢、谦卑、永不停歇的行走所释放出的和平特质来抵抗世间的暴力行径。

甘地的忠实战友,印度独立后第一任总理尼赫鲁心中也留存着对甘地的回忆。每当他想到这位昔日的战友,首先回忆起的是"食盐进军"的经历。

> 甘地的眼神中总是透出笑意,却又像一片蕴藏着悲伤的湖泊。每当我想到他时,脑海中就会涌现出千百万幅不同的图景。如果要把所有这些图景整合成一幅最具代表性的画面,我会选择一九三〇年在"食盐进军"期间他手握木棒、挺近丹地的图景:一个追寻真理、平静、祥和、坚定、无所畏惧的朝圣者。[①]

---

① 贾瓦哈拉尔·尼赫鲁,《信守诺言》。

重复

毋庸置疑,行走是一项沉闷、重复、一成不变的运动。然而,人们却从来不会在行走时感到无聊。因为,行走恰恰是一项对抗单调和无聊的运动。无聊是一种毫无目标与前景的状态。人们围绕自己不停打转,终日无所事事。他们看似总在等待着什么,却又没有一个具体的等待对象。事实上,他们从等待中获得的是一种悬挂在空洞时空上的无名物体。一具百无聊赖的身躯总是周而复始地重复着以下几个动作:起身,躺下,用双臂拍打空气,把双腿伸向某个方向,接着又伸向另一个方向,突然停下所有动作,又马上重新出发,摆动全身。游手好闲的人总是想方设法把每一秒都填满。无聊是对"静止不动"的空泛反抗:我无事可做,也不主动找事做。当人们无聊时,其实对自己充满了失望。带着这种个人情绪,我们会瞬间对万物产生厌倦感,甚至决定和外界做一个了断,以示自己欲望的贫乏。无聊,意味着对每一秒重复地感到不满;无聊,也是对开端的厌恶:我一旦着手做一件事,马上就会感到厌倦。因为这是我开的头。

从这个意义上来说,行走不是一项无聊的活动。至多只能被称为一成不变。在行走时,人们心中有一处目的地,身体处于运动的状态中,步调整齐划一。事实上,行走是一项过于有规律、有节奏的活动,以至于人们很难在行走时产生无聊感。正如上文所言,无聊是一种空洞的摆动——灵魂在一具静止的躯体内不断转圈。这也是为什么僧侣总是建议人们通过散步来克服懒惰的恶习,因为懒惰是一种能够侵蚀人类灵魂的罪孽。另外,行走也可以让人们避免进行忧愁的游荡,因为行走者的脑海中总有一个明确的目标。

蒙田也曾经谈起过他的散步经历。他认为,为了激发思想,让思路更为活跃,让创造更为深刻,头脑应当依靠身体的力量,获取灵感。

> 如果我把思想搁置一边,它们将会沉睡。我的心灵从来不会孤单,就好像我的双腿总在不停地摆动它。①

所以,当我们才思枯竭时,千万不要继续呆坐在书桌前,而应该起身,在房间里走两步。行走可以活动人们的身体,让我们的思想在身体的活力中重新迸发出火花。

这里,行走的机制类似于一种纯粹的启动。概括来说,行走就是一个开始运作的过程。有时,行走依靠着自己特有的规律性,可以为人们提供一种平衡,还可以帮助我们把诗意的情怀转化为具体的诗句,人们从此置身于富有韵律的节奏之中。英国浪漫主义诗人威廉·华兹华斯就是这一方面的典型代表。当人们向他妹妹问起华兹华

---

① 蒙田,《蒙田随笔·论三种交往》第三卷。

斯平时是在哪里工作时,她会指着花园,模棱两可地回答道:"这里是他的书房。"我们由此可以想见,华兹华斯的那些抒情长诗都是他边走边完成的。他时常在花园中来回踱步,口中念念有词,并依靠身体的节奏来寻找合适的诗句。

华兹华斯是"行走历史"上不可绕过的一个人物,很多学者都认为他是真正发明远足运动的人。在他生活的那个年代(18世纪末),行走还只是穷人、流浪汉或土匪、街头卖艺者、小商贩才会经常实践的活动。而华兹华斯则把行走诠释成了一种充满诗意、与自然融合、释放身体、凝望风景的运动。克里斯托弗·莫利曾经这样描绘过华兹华斯:"他是第一个让双脚服务于哲学的人。"华兹华斯就这样步行横穿了法国,翻越了阿尔卑斯山脉,探索了英国的湖区。所有的这些经历,都为他的诗歌提供了素材。他的长篇自传式诗歌《序曲》就是诗人三次人生行走经历的叠加:第一次是华兹华斯从童年走向成年,第二次是他从法国游走到意大利的经历,第三次是行走让他的诗句变得整齐有力的过程——

> 我就这样沿着这条寂静的小道行走，
> 身体在这片宁静中汲取着养料，
> 就是在这片睡意矇眬中，
> 突然生成了一种新的力量，
> 这股柔和的力量在上方、前方、后方，
> 围绕着我的是平和与孤独。

华兹华斯的这些诗作在当时引起了许多不理解，甚至招来了非议。然而，这些作品却很好地为我们解释了行走和散步的区别。散步通常发生在与城堡比邻的花园中，是专为社交而发明的消遣活动。在英式花园中，人们时常在蜿蜒的小径、茂密的树丛、纷繁交错的路口相遇或是互相躲让。散步是一种轻松的行走形式，因为在步行的过程中，总是穿插着人来人往、不断的休憩、微妙的谈话、嬉笑、故作风雅的打情骂俏，以及无数不可告人的秘密。总的来说，散步是展现诱惑艺术的绝佳场所。此番情景与之前人们对行走的印象大相径庭。从前，人们认为日常的行走就是农民来到田间劳作，或是无家可归的流浪汉与他们的贫穷和财富一起游荡在未知的旅途上。事实上，人们在花园里完成的并非行走，而是舞蹈。

华兹华斯在行走时就像一个穷人，他甚至忽略了自己的必要需求，完全为了快乐而踏上旅途。然而，让所有人感到诧异的是，他却把这些行走经历称为是自己的"财富"。他的诗歌除了为我们带来很多文化意义上的收获（远足运动的发明，对风景的美学欣赏）之外，还向世人展示了行走时所特有的节奏：富有规律、波澜不惊、一成不变。行走就像海浪的声响，永不厌倦地抚慰着人们的心灵。

人们可以在另一位诗人的作品中找寻到这种一成不变的特质。他就是法国诗人夏尔·佩吉。相比华兹华斯，这是一位更加晚近的诗人，但却也同样爱好行走。在他创作《第二种德行的神秘门》时，佩吉的儿子皮埃尔得了伤寒症，为了治好儿子的病，他于一九一二年踏上了前往沙特尔圣母院的征程，并在路途中写下了许多不朽的诗句：

> 我们把双手放在口袋两旁,一路前行,
> 没有任何装备、杂物、交谈,
> 总是步调均匀,不慌不忙,也不需要什么帮助,
> 从身边的田野走向最近的农田,
> 你们看到我们在行走,我们是步行者,
> 当我们前进时,每次只迈出一步。

所有长途的行走经历总会让人们有吟唱简单圣诗的念头。通常,圣诗的主人公往往是朝圣者和行走者。有时,他们吟唱被放逐的苦难,或身为外乡人的痛苦("耶路撒冷,如果我将你忘记……");有时,他们又会吟唱行走的辛劳和乐土给予人们的希望,比如像攀岩圣歌所唱的那样:"我抬头望了一眼山峰,暗自想到:救赎将从哪里向我靠近?"

然而,圣诗并不是一个人的努力所得,其深刻的内涵也不是个人的智慧结晶。相反,圣诗应该被一字一句地诵读、吟唱、诠释。另外,它应当不断在人们的体内更新。

如果，一首圣诗被多人一起吟唱，它将变得更加触动人心。如今在印度，当人们徒步前往潘德阿尔布时，还是会吟唱杜加拉姆①的圣诗。相传杜加拉姆是一位马拉塔地区的矮小店主，他目不识丁，于一六九八年生于索德拉一户贱民家庭。这是印度种姓等级中最低劣的一等，杜加拉姆曾这样描绘过自己的出生："我出生于一个卑贱的种姓，我从来没有读过一本书。"据说有一天，杜加拉姆在一座山丘上遇到了一位神灵，于是很快就获得创作圣诗的神力。由于他不会读写，所以他的身边总是围绕着一群忠诚的弟子听写杜加拉姆口述的内容。从此以后，印度教的朝圣者们都会在路途中吟唱这位"文盲诗人"的作品：

> 我尊敬的神灵，
>
> 无论我在前往潘德阿尔布的道路上
>
> 是一颗小石子、大石块还是一粒灰尘，
>
> 都将被圣灵的双脚践踏。

---

① 杜加拉姆（Toukaram, 1698—1750），印度圣诗诗人，著有《朝圣者圣诗》。——译注

在行走时，人们很容易出于本能吟诵一些重复的诗歌。这些诗歌往往由一些简单的字句构成，犹如步伐所发出的响声一般。事实上，我们还可以在一种吟唱圣诗的方式中寻见行走的踪迹，这种吟唱方式也就是"交替的合唱"。"交替的合唱"指的是一组人先以一种音调演唱一段作品，另外一组人则接着演唱另一段作为回应。这种合唱的形式可以让我们交替地完成吟唱和聆听。它还可以生出一种重复和不断变换的效果，圣安布罗斯把这种效果比喻为海浪的声音：当浪涛轻柔地拍打到岸边时，这种规律的声响非但没有打破沉寂，反而为寂静配上了节奏，让其具有"可听性"。同样的道理，按照圣安布罗斯的话来说，当圣诗在两组合唱团中交替传递时，会在人们心中产生一种幸福的祥和感。这些遥相呼应的歌声，这些一波又一波的海浪，其实与行走时人们不断交换位置的双腿十分相似。同样，在这里，行走的过程不但没有破坏自然原有的秩序，还让人们更加切实地感受到了现世的存在，并为现世的运行配上了节奏。克洛岱尔曾经说过：声音让寂静变得富有意义且可以接近。我想在这里说，行走也可以让现世变得富有意义且可以接近。

这就是为什么人们能够在行走中找寻到重复的强大力量——一种对"相同本身"不断重复的力量。这股力量创造出了无数圣诗，它们是律动的身体中被不断更新的节拍。事实上，这种重复的力量还可以存在于其他地方：存在于某种形式的祷告中。此刻，我想到了在《心灵祷告》中被称为"正统灵性活动"的祷告。具体来说，这是一种不断重复一句简单祷告的练习。有时，祷告可能只由几个字组成："伟大的耶稣，上帝的儿子，请您宽恕我这个罪人。"人们只需不间断地重复这句祷告，先是几分钟，随后几小时，就可以在一天后把这句简单的祷告串联成一段完整的祈祷内容。我们还可以根据自己对呼吸的严格控制来完成这场祷告练习。首先，在吸气时心中默念祷告的前半句："伟大的耶稣，上帝的儿子。"随后，呼气时默念祷告的后半部分："请您宽恕我这个罪人。"[①]

[①] 这一呼吸的过程还具有抽象的意义：吸气表示所有机体功能的统一，呼气意味着一种必要的缓解。

这一重复练习的目的在于让我们进入一种集中的状态（自始至终，我们只做了一件事：重复那句祷告）。显而易见，达到这种状态并不需要智力的参与，也无须精神上的张力。只需要整个身体畅快呼吸、低语，所有的感官都彼此呼应，整个灵魂都想着这句神圣的祷告。换句话说，就是身体里的所有部分都加入到朗诵祷告的练习中去。神父们常把这一练习称为"将精神带入心灵"的过程。在他们看来，所有分神、心不在焉、不专心的行为都是遗忘上帝的表现。这种遗忘同样也可以通过其他形式体现出来：让身体变得迟钝的工作，刺激想象力的游戏，以及转变为投机取巧的思考。神父还说，所有来自内心、谦卑、重复、萦绕心头、循环的祷告都能帮助我们重新找到属于自己的内心王国。心灵是所有事物的交汇点，因为它代表着一种现世的精力和迸发状态。这两种特征足以抵抗肉体上的诱惑和精神上的偏离。通过不断重复这句只有一个意思的句子，灵魂彻底摆脱了所有虚伪的思想，完全沉浸在只含有唯一意义的精神重复中。

集中、唯一性、彻底摆脱。只是永不疲倦地重复着一句相同的句子："伟大的耶稣，上帝的儿子，请您宽恕我这个罪人。"在经过了几分钟、几小时以后，呈现在我们面前的已经不再是一个祷告的人，因为这个人已经成为祷告本身，成为耶稣祝圣的化身。渐渐地，人们开始有些不自在，大脑也由于长时间重复同样的内容，开始慢慢变得有些饱和，嘴唇由于长时间重复同样的动作开始变得有些僵硬，随后，在这神圣的一刻，所有的一切又突然融入于一片纯净的安宁之中。此刻，重复成了一种自发、流畅、不费吹灰之力的存在，与心脏的跳动十分相似。僧侣们总能在他们的祷告中，在深沉的呼吸和喃喃低语中，找到一种绝对的安定感。同样，当我们在行走时，也会突然在某一时刻，在步子一成不变的重复中，产生一种祥和的感受。在那一刻，我们不再思考任何问题，也不会被任何烦恼所困扰。对于行走者来说，此刻除了富有规律的运动，其他任何事物都不复存在：因为他们已经彻底成为平静、不断重复的步伐本身。

神父还教导我们应该用一种静止不动的打坐姿势来

完成祷告。具体来说，就是将下巴紧贴在胸口前，就像赛蒙或格雷戈尔·德·西拿耶特那样。随后，连续数小时重复相同的句子。这种祷告的方式后来传到了西方。关于这段历史还有一段著名的传说：十九世纪有一个俄国朝圣者，在行走中完成了祷告。事实上，这个纯净的灵魂想通过"不断祈祷"来完成对圣保罗的朝拜。一位僧人向这位朝圣者揭开了"重复祷告"的秘密。从此以后，这位朴实的俄国人连续数周把自己封闭在一座花园中，将同一句祷告重复了成千上万次（每天六次祷告，每次重复一万二千次）。在经过了数日的疲乏、劳累、努力与无聊之后，这句对耶稣的祷告已经完全与这位朝圣者融为一体，就像一股快乐的源泉，给他带来源源不断的安慰。当这句祷告之于这位俄国人已经变得像呼吸一般自然时，他再次出发上路，行走了整整一天也没有感觉到疲倦。因为，他按照自己的节奏行走、念诵祷告，永远都不会感到厌倦。

我现在就这样行走着，嘴里不停地念诵着耶稣的祷告。对于我来说,这些祷告是世界上最珍贵、最柔和的事物。有时,我在一天之内可以诵读七十段祷告。然而,我却没有感觉到自己在行走,只知道自己在不断地重复着祷告。当寒冷向我侵袭时,只要我更专注地念诵祷告,身体就会很快恢复温暖;如果饥饿向我侵袭,我只要更频繁地提及耶稣的名字,就会马上忘却饥饿;如果我有病在身,或是背部、双腿感到疼痛,只要我更加投入于祷告中,疼痛就会立刻消失[……]。我甚至变得有些奇怪。我不再有任何的烦恼,没有什么事情可以让我烦心,外界的事物也不再能够吸引我的注意力,我希望永远处于一种孤独的状态中;在习惯的驱使下,从此,我只剩下了一种需求,不断地念诵祷告。[①]

人们在一种西藏的神奇精神训练中,也可以找寻到这种对规律的坚持——它被普遍认为是行走起来毫不费力的秘诀。这一神奇的精神训练指的是一种对呼吸和形体的练习,一般持续数年之久,人们在接受完训练以后常

---

① J. 拉罗尔,《一个俄国朝圣者的传说》。

可以获得极高的灵敏度和极大的轻盈感。练习时，僧侣在控制自己呼吸的同时，还会不停地重复一些神秘的术语。之后，他让自己念诵经文的节奏与行走的节奏保持一致。在完成这一切训练之后，僧侣升华成了"行走圣人"(Lung-gom-pa)。"行走圣人"指的是僧侣在某些情况下以惊人的速度步行很长的距离，并且完全不感到疲乏。当然，这种神奇的力量有时也需要一些特殊的辅助条件：平坦的土地、荒凉的景色、黄昏或是一个布满星辰的夜晚。在此类幽静的环境下，没有什么事物会让人们分神，我们的注意力也会在此刻达到顶点。行走者就这样身处在一片静谧中，什么也不思考，既不看左也不看右，眼睛盯着前方的一个点，开始行走，口中念念有词，富有节奏。由于重复的步伐、不断念诵的句子和均匀的呼吸，行走者很快就陷入了一种梦幻般狂喜的状态。以至于他每走一步，就像是从地面上跳起一样。

亚历山大莉娅·大卫-妮尔[1]在谈起她在喜马拉雅山

---

[1] 亚历山大莉娅·大卫-妮尔（Alexandra David-Neel, 1868—1969），法国著名东方学家、汉学家、探险家，是一位神话般的传奇人物。——译注

脉的长途旅行时，说过这样一段经历：当她在一座偏僻的高原上前进时，看到远方有一个快速向她靠近的黑点。大卫-妮尔马上意识到这是一个以惊人速度向前行进的行走者。当时大卫-妮尔的旅伴告诉她这是一名"行走圣人"，人们千万不可在此刻与他攀谈或是打断他的旅程，因为这位"行走圣人"正处于一种极乐的状态，一旦被他人唤醒，很有可能会就此死去。大卫-妮尔和她的旅伴就这样看着这位行走者从他们身边走过，只见他面无表情，睁大双眼。虽然他没有奔跑，却每走一步都会升向空中，犹如一块轻巧的布料在风中飘扬。

著作权合同登记号　图字：30—2015—035

MARCHER, UNE PHILOSOPHIE by FRÉDÉRIC GROS
Copyright © Carnets Nord, 2009
Simplified Chinese edition copyright © 2015
By THINKINGDOM MEDIA GROUP LIMITED
This edition published by arrangement with L'Autre Agence, Paris, France
and Divas International, Paris 巴黎迪法国际

All rights reserved. No part of this book may be reproduced or transmitted in
any form or by any means, electronic or mechanical, including photocopying,
recording or by any information storage and retrieval system, without permission in writing from the Proprietor.

图书在版编目(CIP)数据

论行走 / (法)弗雷德里克·格鲁著;杨亦雨译
. -- 2版. -- 海口:南海出版公司,2019.8
ISBN 978-7-5442-7366-4

Ⅰ.①论… Ⅱ.①弗… ②杨… Ⅲ.①散文集-法国
-现代 Ⅳ.① I565.65

中国版本图书馆CIP数据核字(2019)第085317号

论行走

〔法〕弗雷德里克·格鲁 著
杨亦雨 译

出　　版	南海出版公司　(0898)66568511 海口市海秀中路51号星华大厦五楼　邮编570206
发　　行	新经典发行有限公司 电话(010)68423599　邮箱 editor@readinglife.com
经　　销	新华书店
责任编辑	侯晓琼
特邀编辑	谭　黎　汤　胜
装帧设计	韩　笑
内文制作	杨兴艳
印　　刷	山东鸿君杰文化发展有限公司
开　　本	787毫米×1092毫米　1/32
印　　张	10
字　　数	138千
版　　次	2015年12月第1版　2019年8月第2版
印　　次	2019年8月第3次印刷
书　　号	ISBN 978-7-5442-7366-4
定　　价	49.80元

版权所有,侵权必究
如有印装质量问题,请发邮件至zhiliang@readinglife.com